KB027454

우린
다시

여행하게
될 거야

잠시 멈춘

우리의 ____________ 여행 이야기

잠시 멈춘 우리의 여행 이야기 **우린 다시 여행하게 될 거야**

1판 1쇄 발행일 2020년 8월 10일

글·사진 김나영, 김영미, 김유미, 류진, 박성혜, 안소은, 양슬아, 양주연, 엄지희, 홍아미
펴낸이 김민회, 김준영 | **편집** 김민회, 김준영 | **디자인** 스튜디오 헤이,덕
영업 마케팅 김영란

펴낸곳 두사람
팩스 02-6442-1718 | **메일** twopeople1718@gmail.com
등록 2016년 2월 1일 제 2016-000031호
ISBN 979-11-90061-21-6 03810

Published by TWOPEOPLE, Inc. Printed in Korea

© 김나영, 김영미, 김유미, 류진, 박성혜, 안소은, 양슬아, 양주연, 엄지희, 홍아미 & TWOPEOPLE, Inc., 2020

이 도서의 국립중앙도서관 출판예정도서목록(CIP)은 서지정보유통지원시스템 홈페이지
(http://seoji.nl.go.kr)와 국가자료종합목록 구축시스템(http://kolis-net.nl.go.kr)에서 이용하실 수 있습니다.
(CIP제어번호: CIP2020030491)

이 책의 저작권은 김나영, 김영미, 김유미, 류진, 박성혜, 안소은, 양슬아, 양주연, 엄지희, 홍아미와
두사람에 있습니다.
저작권법에 의해 보호를 받는 저작물이므로 무단 복제 및 무단 전재를 금합니다.
잘못된 책은 구입하신 서점에서 바꾸어 드립니다.

우린
다시

잠시 멈춘
우리의 ___________ 여행 이야기

여행하게
될 거야

글·사진
김나영
김영미
김유미
류 진
박성혜
안소은
양슬아
양주연
엄지희
홍아미

두사람

목차

브라질 렌소이스 사막의 오아시스

여행

소금이 빗물에 녹아 투명한 우유니 사막

우리가 여행을 멈출 수 없는 이유

렌소이스, 브라질 & 볼리비아

10여 년 전. 하늘과 땅의 구분이 무의미한 우유니 소금 사막을 두 눈에 담았던 순간, 나는 이 이상의 신비로운 경관은 볼 수 없을 것이라 생각했다.

사실, 우유니로 가는 길은 조금 힘겨웠다. 당시 나는 소금이 빗물에 녹아 바닥이 거울처럼 투명하다는 말에 혹해 우기에 맞춰 우유니로 향했다. 그날은 비가 세차게 내렸고, 라파즈에서부터 야간 버스를 타고 달리는 비포장도로는 물웅덩이로 가득했다. 괜히 불안한 출발이었고 슬프게도 내 예감은 틀리지 않았다. 길에 형성된 웅덩이에 물이 불어나면서 버스가 그 길을 지나갈 수 없게 된 것이다. 멈추지 않고 가더라도 열 시간이 걸리는 길인데, 이에 더해 비가 그쳐 웅덩이에 물이 땅속으로 스며들 때까지 버스 안에서 열 시간을 더 대기해야 했다. 그리고 그토록 고생하며 찾아간 우유니는 사진에서 본 것처럼 역시나 아름다웠다.

찰랑이는 소금물은 푸른 하늘을 그대로 담고 있었다. 너무도 신비해 보이는 장면이었다. 이곳은 아직 내가 보면 안 되는 세상의 비밀 공간이어서 이를 보기 위한 대가를 그 고생으로 치른 것이 아니었을까 싶은 정도였다. 그런데 우유니처럼 마법에 걸린 듯한 환상 속 장소가 세상에 또 있었다. 같은 남미 대륙인 브라질 마라냥주에 '렌소이스'라는 이름으로.

'침대보Lençóis'라는 뜻을 지닌 지명처럼 사막은 천을 감싼 듯 부드러운 모래가 끝없이 펼쳐져 있다. 더욱이 모래는 신기할 정도로 하얗다. 이뿐만이 아니다. 렌소이스의 진가는 이 하얀 사막 위에 마구 흩뿌려진 오아시스들로부터 나온다. 모래로 이루어진 지형 밑에는 물이 흡수되지 않는 점토층이 있고, 비가 많이 내리는 우기에는 물이 밑으로 흘러가지 않아 모래 둔덕 사이사이에 빗물이 고인다. 땅으로 꺼지지 않는 빗방울은 한 방울씩 모여 오아시스가 되었다.

사막에는 5,000여 개의 오아시스가 모여 있다. 높은 지대의 사막 위에 올라서면 이 풍경이 더욱 잘 보인다. 끝이 보이지 않는 새하얀 모래 둔덕과 그 사이를 메우고 있는 오아시스 모습은 장관이다. 더욱이 그 색은 빗물이라는 생각이 전혀 들지 않을 정도로 투명하고 깨끗하다. 놀랍게도 사막에 수영복을 챙겨온 사람들은 그 안에서

사막 오아시스에서 즐기는 수영, 렌소이스

수영을 한다. 이로 인해 사막은 졸지에 해변이 되었다.

눈앞을 가득 채우는 황량한 모래 둔덕과 보기만 해도 청량해지는 수천 개의 오아시스. 그리고 그 속에서 평화롭게 수영하는 사람들. 렌소이스에는 이 어울리지 않을 듯한 요소들이 모두 모여 있다. 그 광경은 예전 우유니에서 보았던 것과 같이 신비롭다. 이 맛에 나는 여행을 멈출 수 없나 보다. 여전히, 세상에는 내가 모르는 멋진 세계가 너무도 많다. _안소은

우유니 사막을 즐길 수 있는 투어 프로그램

모두가 청춘이 되는 곳

루앙프라방, 라오스

20대 내내 루앙프라방에 무척 가고 싶었다. 거기가 어떤 곳인지도 잘 모르면서. 그저 아주 가난한 주머니로도 궁색하지 않게 머물며 할 일 다 마친 소처럼 느릿느릿 게으른 시간을 보낼 수 있겠지, 정도가 어렴풋이 떠오르는 그림이었다.

별의별 곳을 다 떠돌다가 서른 중반이 넘어서야 루앙프라방에 갈 기회가 생겼다. 별 다섯 개짜리 럭셔리 리조트에서 미디어 콜로 초대를 받았다. 프랑스군(라오스는 프랑스의 식민지였다)의 막사를 개조한 그 리조트는 니스의 대저택 못지 않게 아름답고, 낭만적이며, 고급스러웠다.

머무는 내내 '오성'의 격에 맞는 일정을 보냈다. 야시장의 1만 4,000킵짜리 뷔페 대신 호텔 레스토랑에서 로컬 식재료로 만든 버팔로 버거를, 루앙프라방의 럭셔리 리조트 직원들이 사랑한다는 르

우윳빛 계곡, 울창한 나무가 만들어주는 서늘한 그늘 아래에서
시간을 까맣게 잊을 수 있는 곳, 꽝 시 폭포

베네통 베이커리에서 13만 낍짜리 브런치를 즐겼다. 자전거를 빌려 먼지 뒤집어쓰며 마을을 누비는 대신 레몬그라스를 우린 물에 적신 물수건과 카나페, 프랑스식 정찬, 샴페인을 내는 최고급 선셋 크루즈에 탔다.

뱃머리에 앉아 있으면 이런 풍경이 지나간다. 수풀 사이로 장대를 쑤셔 넣으며 물고기를 낚는 메콩강의 어부들, 강을 수영장 삼아 발가벗고 신나게 노는 아이들, 강물을 금빛으로 뜨겁게 물들이는 노을……. 그런 장면 앞에서 생각에 잠기거나 감탄하는 대신 '저건 어떻게 찍지? 망원 렌즈를 가져올 걸 그랬나? 돌아가면 카메라를 새로 사야겠다' 같은 생각만 했다.

이렇게 멋지고 낯선 땅에서 요즘 애들이 '갬성'이라고 비하하는 그 감성이 스멀스멀 피어오르지 않아 조금 슬펐다. 그렇지 않아도 '오그라든다'는 말을 들을까 봐 표현하지 않은 진심, 놓친 감정, 지나친 경험이 너무 많은데……. 감성마저 말라가고 있는 걸까? 제일 큰 후회는 잡지에 쓰기 좋은 사진만 찍어대느라 현지 사람들이랑 제대로 된 눈인사도, 이야기도 못 하고 돌아온 것이다. 실은 뷰파인더 말고 눈에 담은 기억이 너무 흐릿해서, 어떤 배우들의 라오스 여행기를 1,650원이나 지불하고 내려받아 보았다. 그들이 걷던 거리, 잘생긴 얼굴 뒤로 흩어진 풍경들이 흐릿하게 떠올라 마음이 아렸다.

여행은 오래전에 끝났는데 뒤늦게 아쉬워서 주섬주섬 외장 하드를 찾아 뒤진다. 시간에 쫓겨 다니느라 제대로 보지도 않고 눌러대며 얻은 장면 속에서 뒤늦게 루앙프라방의 매력을 본다. 이젠 쳐다보지도 않는 코끼리 바지, 맥주 로고가 그려진 싸구려 슬리브리스 티셔츠를 옥신각신 흥정 끝에 사서 걸치고 '뭐 재미있는 거 없나…….' 하며 어슬렁거리기 좋은 곳. 여행이라면 웬만큼 다녀본 사람, 청춘이라는 단어가 더 이상 내 것이 아니라고 느끼는 사람, 석양을 보고도 감흥이 없어 슬픈 사람에게 '첫 여행'의 어설픔과 설렘을 상기시켜주는 도시…….

루앙프라방을 떠날 땐 '여기 다시 올 일이 있을까?' 싶었지만 그 마음을 거둔다. 다음에 갈 땐 꼭 촌스럽고 쓸모없는 코끼리 바지 하나 사 입어야지. 시사방봉 대로의 노천 카페에 앉아 '너만을 느끼며'랑 '서른 즈음에' 같은 노래를 들으며 온갖 궁상을 떨고, 바이크 한 대 빌려 꽝 시 폭포에 가서 신나게 물질도 해야지. 비포장도로 위를 질주하느라 얼얼해진 엉덩이를 달래며 덜 말라 꿉꿉한 침대 속으로 들어가서 라오 비어 한 캔과 지루한 책 한 권으로 밤을 보내야지. 이런 게 가능한 장소도, 체면과 나이를 잊고 뻔뻔하게 즐길 수 있는 시간도 이제 얼마 안 남았다. _류진

뜰 때도 질 때도 아름다운 태양, 메콩강

탁발을 지켜볼 땐
그들의 숭고한 아침을
존중하자

차가운 폭포수에 정신까지 맑아지는 꽝 시 폭포

라오스 커피와 프랑스식 빵 요리로 즐기는 브런치, 시사방봉 대로의 한 카페

사랑에 빠지는 시간 단 30분

티니안, 사이판

사이판에서 경비행기를 타자 10분 뒤 티니안에 도착했다. 여느 시골 버스 터미널처럼 자그마한 공항의 활주로에 비행기는 사뿐히 내려앉았다. 몸집이 큰 남자가 멀리서 수레를 끌며 왔다. 좌석 뒤에 실어놓은 수하물을 챙기기 위해서였다. 여행 아닌 취재를 위해 방문한 티니안은 낯설었다. 정보가 많지 않았고, 통신은 잘 터지지 않았다. 거리에서 현지인을 만나기란 몹시 어려웠다. 사람이 사는 섬인가 싶은 순간이면, 어느새 낡은 지프를 타고 원주민이 나타나 촬영하는 내 옆에서 낚시를 하곤 했다. 물들지 않은 섬, 티니안은 그런 곳이었다.

참 이상하게도 비행기에서 내려 공항에 들어서는 순간, 이 섬을 사랑하게 될 거라는 묘한 확신이 섰다. 화창한 날씨와 선명한 하늘, 건조한 바람 덕분이기도 했을 것이다. 야자나무가 사방에 숲을 이

티너안 해변 절벽에서 다이빙을 즐기는 소년

타가 비치에서 본 은하수

루고, 거리에는 떨어진 야자열매가 한가득이었다. 거기서 다시 잎이 나고 뿌리를 내려 새로운 야자나무가 된다고 했다.

바다는 더없이 푸르고, 또 맑았다. 여행자가 없으니 오염도가 낮기 때문이리라. 마치 보석처럼 반짝이는 바다를 마냥 보기만 해야 하니 시간이 아까웠다. 차를 타고 섬을 한 바퀴 돌며 해변이란 해변은 다 찾았다. 전망대와 절벽에서 한참 동안 촬영을 진행했다. 그러다 보니 밤이 깊었다. 이번엔 별을 찍으려고 카메라를 세워둔 채 한 시간 넘도록 타가 비치 앞에 앉아 있었다. 바다에 발 한 번 제대로 담그지 못했는데 하루가 저물었다. 다음 날이면 다시 비행기를 타고 다른 섬으로 떠나야 했다. 아쉬웠다.

해변의 보트 위에서 균형 잡기를 하는 소녀

다음 날 아침, 나는 꾸역꾸역 일곱 시에 일어나 수영복으로 갈아입었다. 다행히도 하루 머문 숙소 바로 앞에 타촉냐 비치가 있었다. 눈도 제대로 뜨지 못한 상태에서 슬리퍼를 신고 바다로 향했다. 누구 하나 보이지 않고 고요했다. 해가 서서히 떠오르는 시간이라서 그런지 하늘은 다소 차가워 보였다. 점점 파스텔 빛깔로 환하게 밝아지는 하늘 아래, 파도도 없이 잔잔하게 물결치는 바다가 있었다.

차가운 온도도 아랑곳하지 않고 풍덩 들어갔다. 수영할 줄 모르는 까닭에 내가 한 거라곤 바닷물에 둥둥 떠 있는 것뿐이었다. 멀리 염소 섬이 보였다. 낮게 떠다니는 구름이 천천히 이동했다. 구름 속에 숨어 있던 해가 따듯한 빛을 비추었다. 금가루를 뿌려놓은 듯 수면이 반짝이기 시작했다. 귀에는 청명한 물소리가 오르골처럼 끊임없이 들렸다. 딱 30분. 그게 전부였지만, 그것만으로도 충분했다. _엄지희

음울과 신비 사이

뉴포트, 미국

그 날의 기분을 결정하는 데 날씨는 절대적이다. 여행 중엔 더 그렇다. 여행의 관록이 쌓일수록 비바람, 추위 같은 궂은 날씨와 맞닥뜨렸을 때 '이런 날씨도 그런대로 운치 있지 뭐…….' 하긴 하지만 바다를 낀 도시 앞에선 그게 잘 안 된다. "돈 들여 좋은 데 왔는데 날씨가 이게 뭐야." 하며 입을 내밀고 마는 것이다.

뉴포트를 여행하는 내내 비, 바람, 안개 때문에 기분이 울적했다. 미국 로드아일랜드주에 위치한 이 항구 도시는 동부 부호들의 별장지로 유명한 곳이다. 19세기 길드 에이지 시대부터 석유왕 록펠러, 철도왕 밴더빌트, 호텔왕 애스터 등이 동네에 자신의 부를 한껏 과시할 수 있는 별장을 짓고 그 안을 호화로운 것으로 채우는 데 힘을 쏟은 역사가 있다. 항구에 정박한 요트만 슬쩍 둘러봐도 동네를 휘감은 '부유한 냄새'를 어렵지 않게 맡을 수 있다. 두세 시간 거

비, 바람, 안개가 가득한 뉴포트

리에 위치한 뉴욕이나 보스턴 사람들은 여름이면 이곳으로 달려와 도시 생활 중 쌓인 '독'을 풀고 간다.

날씨만 좋았다면 이 도시가 가진 배경이 꽤 근사해 보였을 텐데. 체면 같은 건 진즉에 포기하고 가진 옷을 전부 껴입었지만 이가 딱딱 부딪힐 만큼 추웠다. 분무하듯 얄궂게 내리는 비는 머리와 얼굴을 흠뻑 적셨고 우산은 바람에 뒤집혀 무용지물. 대서양을 품에 안으며 산책할 수 있는 클리프 워크, 세련된 머린 룩을 쇼핑하거나 랍스터 샌드위치와 생굴을 맛볼 수 있는 보웬스 와프 같은 곳을 제대로 즐기지도 못하고 차에 올라타기에만 급급했다.

더 브레이커스의 꽃,
글로리아 밴더빌트의 방

밴더빌트가家의 별장 '더 브레이커스'에서 심통은 절정에 달했다. 많은 여행자들이 이탈리아 르네상스 시대를 재현한 이 호화로운 대저택을 호기심 가득한 눈으로 둘러보았지만, 나는 20세기 뉴욕 사교계의 스타이자 미국 시엔엔CNN뉴스의 간판 앵커 앤더슨 쿠퍼의 엄마, 글로리아 밴더빌트의 아름다운 방에서 "도대체 남이 잘 사는 걸 뭣하러 구경하는 거야?" 같은 푸념을 기어코 입 밖에 내고 말았다. 그날은 정말이지 이상하리만큼 날씨에 처절하게 휘둘렸다. 그럴 땐 그냥 일찍 잠드는 게 상책이다. 저녁도 먹는 둥 마는 둥 하고서 밤 여덟 시 반에 침대로 기어 들어갔다.

다음 날, 시차 때문에 새벽에 눈을 떴다. 이불의 온기에 몸을 숨기려다 어제 부린 공연한 심술이 떠올랐다.

'이렇게 뉴포트를 떠날 순 없어.'

더 자고 싶은 욕망과 사투를 벌인 끝에 산책 채비를 마쳤다. 날씨는 여전히 무자비했다. 한기가 뼛속까지 스며들었다. 안개가 허리춤까지 내려와 있었고 얼굴과 머리는 물총 세례를 맞은 것처럼 젖었다. '음울하다'는 형용사를 어떤 장면으로 표현한다면 이런 풍경이 아닐까? 방으로 돌아가고 싶은 마음을 겨우 달래고 길을 나섰다. 얼마 지나지 않아, 어제 가이드가 알려준 '미국에서 가장 오래된 목련 나무'가 나타났다. 얼마나 살아야 이렇게 집채만 한 몸을 가질 수 있을까? 가지마다 먹골배만 한 목련이 주렁주렁 매달린 그 나무는 공기에 실린 바다 냄새와 뒤엉켜 엄청난 향을 뿜었다.

길드 시대 때 지은 오래된 목조 집을 지나 해변에 닿았다. 아침부터 부지런히 반려견과 함께 해안선을 따라 달리는 사람들, 뜨거운 커피 한 잔 들고 나와 바다를 보는 사람들이 거기에 있었다. 엄청난 포말을 만들며 밀려오는 파도를 보면서 이 도시는 참 신비로운 곳이라고 생각했다. 불과 15분 전에 '음울'을 운운한 주제에. 그게 뉴포트의 진짜 매력이 아닐까? 볕이 쨍쨍했다면 못 만났을 맨얼굴. 모든 도시가 태양 아래 있을 필요는 없다. 뉴포트의 혹독한 비바람에게서 그걸 배웠다. _류진_

해안을 따라 걷는
클리프 워크의 산책로

여행을 기억하는 감각

암스테르담, 네덜란드

네덜란드를 굳이 여행해야겠다고 생각해본 적은 없다. '언젠가 한 번 기회가 되면 가보겠지…….' 이 정도의 나라였을 뿐. 그러다가 환갑을 맞은 엄마와 둘이서 여행을 떠나기로 했다. TV 프로그램 <꽃보다 누나> 덕에 크로아티아가 여자들이 가기 좋은 여행지로 떠올랐을 때였다. 그럼에도 직항 노선은 없었다. 비행 편을 알아보다 얼떨결에 경유지로 선택한 곳이 네덜란드다. 이왕 경유하는 것 며칠 묵어가도 좋을 듯해서 일주일 정도 머물기로 했다.

튤립 시즌이 아니어서 아쉬웠다. 그래도 꽃 시장에서 다양한 색감의 튤립과 튤립 모양 기념품은 쉽게 볼 수 있었다. 풍차가 네덜란드 명물이라고 하니 잔세스칸스Zaanse Schans행 기차에 몸을 실었다. 또 자전거의 나라답게 출근길에 나선 자전거 부대도 만났다. 어찌나 자전거가 많은지 활기를 넘어 약간의 공포로 다가왔다. 한두 대가 아니라 수십 대의 자전거가 동시에 우르르 내달리니 무서울 지경이었던 것이다. 시내 곳곳에 자전거가 아무렇지 않게 세워져 있고, 운하를 사이에 두고 늘어선 좁고 길쭉한 주택은 장난감처럼 보였다. 운하를 따라 자란 푸른빛의 나무는 거리와 적당한 조화를 이루었다. 시골에 가면 메줏덩어리를 쉽게 볼 수 있는 것마냥 치즈 덩어리가 곳곳에 보였다.

후배가 추천한 히트호른Giethoorn은 마치 피크닉 온 듯한 기분을 선사했다. 비 오는 날, 한 시간이나 대기해서 들어간 '안나의 집'은 유년 시절 읽은 책 속 활자를 그림처럼 보여주었다. 반 고흐 미술관에서는 불꽃처럼 타올랐던 고흐의 세상을 잠시나마 들여다볼 수 있었다. 경유지에서 머문 일주일은 뿌듯했고, 전혀 기대하지 않았던 네덜란드는 동화 속 나라처럼 매력적으로 다가왔다.

몇 년이 지난 지금, 엄마에게 네덜란드 여행에서 가장 기억에 남는 게 무엇이냐 물어보면 감자튀김이라 답한다. 암스테르담 중앙역 앞에서 먹은, 네덜란드 여행자라면 누구나 찾는다는 그 감자튀김! 누구나 잘 아는 그 흔한 맛의 감자튀김이 엄마에게는 네덜란드의 그 어떤 것을 뛰어넘은 대표 이미지로 각인되었다. 여행 기억의 최고는 역시 미각인가! _박성혜

'네덜란드의 베니스'로 불리는 히트호른

마을 사이 운하를 따라 즐기는
보트 나들이

운하가 있는
암스테르담 구시가지 풍경

이른 아침 암스테르담 주택가 풍경

'그냥' 좋아하면 안 돼?
쿠바

여행을 직업으로 삼은 사람으로서 늘 받는 단골 질문이 있다.

"다녀온 곳 중에서 어디가 제일 좋았어요?"

나의 답은 정해져 있다.

"쿠바요."

이어지는 질문.

"쿠바가 왜 그렇게 좋아요?"

그런 여행지가 있다. 사람으로 따지자면 처음 보자마자 내 스타일이다, 싶은 곳. 가본 적 없지만 왠지 나와 잘 맞을 것 같다는 예감이 드는 나라. 나에겐 쿠바가 그랬다. 올드 카와 색 바랜 건물 사이에서 시간을 잃을 수 있는 곳. 그러나 실제로 만난 쿠바는 상상했던 것만큼 낭만적이지 않았다. 빠르게 현대화되고 있는 동시에 상업화가 이미 상당히 진행된 상태였다. 숙소나 교통수단 등 여행 인프라

쿠바를 즐기는 방법, 올드 카 투어

아바나의 중심인 국회 의사당 앞 풍경

영화 〈부에나 비스타 소셜 클럽〉을 보는 듯한 공연

뿐만 아니라, 쿠바 사람들 대부분은 호객 행위가 몸에 배어 있었다.

그럼에도 왜 그렇게 좋았을까. 아날로그 방식으로 여행할 수 있어서? 쿠바에서는 지정된 장소에서만 인터넷을 쓸 수 있다. 아침저녁으로 와이파이를 쓰러 광장에 가야 했다. 곧 그마저도 귀찮아져 지나가는 여행자에게 맛집이나 여행 정보를 묻거나, 까사(쿠바의 숙박 시설)의 방명록에서 다른 여행자가 남긴 정보를 노트에 옮겨 적었다.

혹은, 매일 다른 음악에 감동할 수 있어서? 길을 걷다가 엄청난 성량의 라이브 밴드 공연에 발길을 멈추는 일이 매일 한두 번씩 있었다. 공연이 너무도 좋아서 이유 모를 눈물이 줄줄 흐른 적도 있다. 우연히 들어간 술집에서 할아버지 밴드가 '찬찬chan chan'을 연주하는데, 영화 〈부에나 비스타 소셜 클럽〉이 눈앞에서 재생되는 듯했다.

그것도 아니면 살사의 매력 때문일지도. 트리니다드는 쿠바 살사의 고장이다. 트리니다드의 살사 클럽에 놀러간 날, 야외 음악당을 가득 메운 사람들이 살사를 추며 뿜어내는 관능적 에너지에 완전히 사로잡혔다. 그날 이후 이 도시에서 한 달 이상 머물며 꼭 쿠바 살사를 배우겠다는 꿈이 생겼다.

사랑에 빠진 이에게 "너 그 사람이 왜 그렇게 좋아?"라고 물으면 배시시 웃으며 "그냥!"이라 대답하듯이, 쿠바를 좋아하는 이유 역시 '그냥'이 가장 적절한 표현일 듯싶다.

"이유는 없어, 그냥 그곳에 가면 가슴이 뛰어." _양주연

야외 음악당에서
살사를 추는 사람들

랜초 팔로스 버디스의 포인트인 비센트 등대와 박물관

길 위에서 배우는 행복

랜초 팔로스 버디스, 미국

'세상 모든 길은 연결된다'는 것이 평소 나의 소신이다. 특히 운전 중 길을 잃거나 길을 잘못 진입할 경우 조금 돌아가면 된다고 생각한다. 이 길이 아니면 또 다른 길이 있을 테고, 결국 모든 길은 연결될 테니 말이다.

여행에서도 마찬가지다. 렌터카 여행을 하다 보면 내비게이션에 의존할 때가 많다. 그날도 어김없이 내비게이션에 의존한 채 목적지인 랜초 팔로스 버디스Rancho Palos Verdes를 향해 달렸다. 해안 도로였지만 그 명칭이 무색하게 해안 쪽으로 저택들이 자리해 있었다. 바다를 보며 달릴 수 없어 아쉬웠다. 주말 왕복 2차선 도로는 답답하기 그지없고 드라이브에 나선 내 마음도 매한가지였다.

그러다 좌회전하는 앞차를 따라 나도 좌회전을 해버렸다. 휴대폰 속 내비게이션은 갑자기 갈팡질팡하며 헤매기 시작했다. 오로지 직감 하나만으로 방향을 찾았다. 난데없이 산길처럼 커브가 심한 도로가 나와 당황했지만, 후회한들 이미 늦었다. 도로를 따라 언덕 위 비슷비슷하게 생긴 집들이 바다를 향해 근사하게 자리 잡고 있었다.

굽이굽이 얼마나 올랐을까. 몇몇 자동차가 도로변에 정차하고 있길래 나도 무작정 차를 세우고 사람들이 모인 곳으로 걸음을 옮겼다. 붉은 지붕 아래로 끝없이 펼쳐진 지평선, 레돈도 비치에서 맨해튼 비치까지 이어지는 해안선, 종이 인형처럼 보이는 바다 위 돛단배가 시원하게 반겼다. 생각지도 못한 그림 같은 풍경에 넋을 잃고 말았다. 그러다 옆에 있던 커플과 눈인사를 나눴는데 그들은 마치 '네 마음 잘 알아'라는 듯한 눈빛이었다.

삶도 여행도 의도한 대로 이루어지지 않는다. 그 길 위에서 뜻하지 않게 만나는 사람 또는 상황은 우리 인생에 크고 작은 선물이 된다. 언덕에서 내려다본 풍경이 그랬던 것처럼 말이다. '세상에 길이 아닌 길은 없고, 세상의 모든 길은 연결된다'는 사실을 다시 한 번 깨달은 순간, 그렇게 나는 목적지인 랜초 팔로스 버디스에 아무 일 없었다는 듯 도착했다. _박성혜

바다를 향해 근사하게 자리 잡은 주택들

베네치아의 이웃 섬 1

무라노, 이탈리아

베네치아 본섬에 며칠 머물면 출렁이는 물결 따라 배를 타는 몸짓이 자연스레 깃든다. 그러다 보면 그 배를 타고 조금 더 멀리 나가고 싶어진다. 물길을 따라 가 닿는 작은 섬마을은 색다른 얼굴로 여행자를 반긴다. 그저 본섬에만 머물렀다면 결코 알 수 없었을, 베네치아가 지닌 풍부한 표정들이다. 색색의 옷을 입은 부라노를 가장 많이들 기억하겠지만, 무라노도 그에 못지않게 아름다운 섬이다.

베네치아 산 마르코 광장에서 수상 버스 바포레토를 타고 한 시간가량 이동하면 무라노 섬에 다다른다. 물살을 가르며 전진하는 배의 모터 소리도, 얼굴에 닿는 물 내음 가득한 공기도, 크고 작은 일렁임도 더는 거슬리지 않을 딱 그즈음이다. 이곳에 오기 전부터 무라노라는 섬 이름이 익숙했던 건 무라노 글라스 덕분이다.

베네치아의 웬만한 고급 호텔에는 무라노 글라스로 이루어진 환

화려한 색감과 유려한 조형미로 존재감을 내뿜는 무라노 유리 공예품

상적인 샹들리에가 객실마다 매달려 있다. 몹시나 탐나던 호텔 레스토랑의 컵에도, 욕실의 비누 받침에까지 '무라노'라는 글자가 새겨져 있었다. 무라노 글라스는 빛을 만날 때 그 가치의 정점을 찍는다. 또렷하고 영롱한 색감을 투영해내는 오색 빛은 이 세상의 것이 아닌 듯하다. 그림자마저 찬연한 건 두말할 필요도 없다.

이미 마음을 빼앗겼으니 보는 것만으로는 만족이 안 된다. 무라노 거리의 상점가를 둘러본다. 아니나 다를까 하나 건너 하나가 모

무라노의 시계탑과 유리 조형물

두 유리 공예 상점이다. 마음을 다잡지 않으면 쇼윈도 너머에서 찬란히 빛나는 모습에 이끌려 홀린 듯 가게 안으로 빨려 들어가게 된다. 양손 가득 유리 공예품을 사서 나오는 건 당연한 수순이다.

쇼핑의 욕구가 차오르지만 잠시 호흡을 고르고 유리 공예 장인의 손길을 지켜볼 수 있는 장소를 찾아 가본다. 그런데 이걸 어째. 가게 안은 썰렁하고 유리를 녹이는 가마와 작업대만 그저 덩그러니 놓였을 뿐이다. 이윽고 주인이 나타났다. 시범을 보이는 시간대가 정해져 있는 듯 벽면의 타임 테이블을 가리키며 "피니또, 피니또!" 하고 손을 내젓는다.

'여기까지 찾아왔는데 그냥 돌아가야 하나?'

별수 없이 가게 안을 둘러보다가 우연히 벽 한편에 잔뜩 붙어 있는 기사 스크랩 중 한국의 신문 조각을 발견했다. 내가 유심히 기사 읽는 걸 지켜보던 주인장이 꼬레아에서 왔냐고 묻는다.

"맞아요, 멀리 꼬레아에서 왔어요. 이거 보고 싶어서 일부러. 오늘 아니면 다시 못 올지도 몰라요. 꼭 보고 싶었는데……."

"베네, 컴."

구글 번역기까지 동원해 설득에 성공했다. 숨을 불어넣어 다시금 뜨거운 불길이 피어오르는 가마 곁에 주인장이 자리를 잡자 푸근한 인상에서 남다른 오라를 풍기는 장인으로 돌연 변신한다. 기

가마의 열기로 붉게 달아오른 유리 반죽

다란 파이프 끝에는 가마 속 뜨거운 열기로 붉게 달궈진 유리 반죽이 매달려 있다. 파이프를 돌려가며 유리 반죽을 적절한 온도까지 달군다. 그러고서 재빨리 작업대로 옮겨 집게 모양 도구를 사용해 순식간에 모양을 낸다. 그렇게 다리를 치켜든 말 한 마리가 탄생한다. 눈 깜짝할 새 벌어진 일이라 어안이 벙벙할 정도다. 탄성을 내지르며 손뼉을 쳤더니 익숙한 반응이라는 듯 주인장이 흡족한 미소를 지어 보인다. 그는 갑자기 신문지 귀퉁이를 찢어 방금 만든 뜨거운 유리 말 위에 얹어 보인다. 종이에 화르르 불이 붙는 모습에 또 놀라서 아이처럼 눈을 동그랗게 뜨고 박수를 보낸다. 한 치의 망설임도 없는 장인의 정확한 몸짓은 경이로움 그 자체랄까. 이런 퍼포먼스를 보고 나니 더욱더 무라노 글라스로 만들어진 무언가를 사야만 한다는 욕망이 부풀어 오른다. 아니, 합리적 욕심이라 해도 좋을 것이다.

나는 결국 색유리가 섞인 작은 병들과 펜던트, 귀여운 새 모양 오브제를 몇 개 사들였다. 다른 어느 곳에도 없는, 단 하나의 수제 작품이니까. 듣자 하니 전통적인 무라노 유리 공예 장인들은 집안마다 대대로 전해 내려오는 유리 성분 조합의 비법을 비밀 수첩에 기록해 보존하고, 수제자를 통해 그 비법이 이어지는 게 대부분이라고 한다. 책상 한편에 둔 무라노 유리 오브제를 만지작거릴 때마다 연금술사의 비밀 레시피라도 얻은 것처럼 기분이 달뜬다. _김나영

무라노의 호텔 레스토랑에서 발견한
무라노 글라스

리도의 디 예술로 비치 풍경

베네치아의 이웃 섬 2

리도, 이탈리아

여정 중 이따금 여행지에 영영 눌러 앉아버리는 삶을 그려볼 때가 있다. 리도에서도 그랬다. 리도의 빛은 바삭했다. 그 바삭한 빛 아래 무방비하게 늘어져 있다 보면 머리카락이 닿은 뒷목 언저리에 땀방울이 송송 맺혔지만 그런대로 또 좋았다. 리도는 웅장하고 화려한 베네치아 영화제가 열리는 곳으로 유명한데, 그 휘황찬란한 모습은 상상도 할 수 없을 만큼 느긋하고 평화롭게 시간이 흘렀다. 아마 분주히 베네치아를 여행하는 동안 누린 가장 호사스러운 여유가 아니었을까. 서두를 이유가 전혀 없었다. 그저 풍경을 담는 두 눈과 카메라 셔터를 누르는 손가락 정도나 바쁠 뿐.

리도 섬을 지도에서 살펴보면 기다랗게 쭉 뻗은 모양새다. 덕분에 섬을 순환하는 버스 노선은 매우 단순하고, 마음만 먹으면 섬 끝에서 끝까지 버스로 돌아볼 수도 있다. 도로가 복잡하지 않은 만큼 자전거 도로도 잘 조성되어 있고 곳곳에 자전거 대여소도 눈에 띈다. 그 덕분인지 온 가족이 자전거로 여행하는 모습도 심심찮게 볼 수 있다. 그러고 보니 리도는 가족 여행을 하기에 정말 좋은 섬이다. 내가 베네치아 본섬에 사는 사람이었다면 번잡함을 벗어나 제주도를 찾듯 리도를 찾았을까?

그 여유로운 풍경 덕분일까. 리도에서는 마음이 넉넉해진다. 레스토랑에서 신선한 해산물로 만든 요리를 양껏 먹고, 상큼한 젤라토로 입가심한다. 그래도 뭔가 적적한 마음이 들면 바닷가로 향한다. 해변에 둘러앉아 깔깔대며 웃는 무리, 어깨를 마주한 연인들, 물놀이를 하다 밀려온 파도에 돌고래처럼 소리를 높이는 아이들을 바라본다. 그러다가 잠시 내가 여행자라는 걸 망각하게 된다. 낯설고 간지러운 기분이다. 한편으로는 여정에서 가장 행복한 순간이기도 하고. 해가 뉘엿뉘엿 넘어가는 하늘을 마주하며 호텔로 돌아가는 길에 또 생각한다. 리도에 살면 행복할까? _김나영

자전거로 둘러보기 좋은 리도

멀리 베네치아 산 마르코 종탑이
보이는 카페

안달루시아의 꿈

안달루시아, 스페인

스페인은 유럽 안에서도 손꼽히는 유명 여행지다. 가우디의 건축물만으로도 수년치의 감동을 몰아서 느낄 수 있는 바르셀로나, 근교 도시와 연결이 자유로운 수도 마드리드, 걷기 여행의 로망 산티아고 순례길 등. 그 매력을 하나하나 나열하기에도 숨 가쁘다. 그러나 그중에서도 가장 강하게 이끌렸던 여행지는 역시 안달루시아 지방이었다. 가톨릭 신자로서 그 유명하다는 세비야 대성당에서 미사도 드려보고, 기타 연주로 유명한 알람브라 궁전에서 호젓하게 산책도 하고 싶었다. 다른 유럽 도시들에 비해 물가가 저렴하고 사람들도 친절하다니 호감도가 더욱 상승했다.

첫 방문지인 그라나다에 도착하는 순간 빠르던 심장 박동이 조금 잦아드는 듯했다. 현대적 유럽 도시에서 마치 중세 도시로 시간 여행을 한 듯이 어리둥절했다. 오래된 주택들 사이로 오렌지 나무

멀리 보이는 그라나다 알함브라 궁전

가 열을 지어 달콤한 향기를 흩뿌렸고, 마치 천 년 전에도 그대로였을 듯한 좁은 골목길에선 절로 걸음이 느려졌다.

그라나다에서 가장 유명한 명소는 이슬람 마지막 왕조의 슬픈 역사를 간직한 알람브라 궁전이다. 이국적이고 화려한 궁전을 산책하는 것만으로도 여행의 감흥은 최고조에 올랐다. 그라나다의 매력은 이뿐만이 아니었다. 숙소가 자리했던 알바이신 지구의 소박하고 고요한 골목길들, 그 비탈진 길을 영차 영차 오르던 세상에

알함브라 궁전의 창문을 통해 바라본 해 질 무렵

서 가장 귀여운 미니 투어 버스. 뭐니 뭐니 해도 최고는 달콤한 레몬 맛 맥주 끌라라Clara 한 잔과 공짜 타파스였다. 맥주 한 잔을 마실 때마다 매번 새로운 공짜 안주를 내어주는 사랑스러운 문화는 세상 어디서도 본 적이 없다.

더운 바람이 부는 계절이면 떠오르는 행복한 저녁. 아름다운 풍경 속에, 유쾌한 스페인 사람들과 어우러져 즐기던 달콤한 맥주와 안주들……. 이제 와 생각하니 모든 것이 꿈 같다. 여행은 어쩌면 일상이 꾸는 꿈일지도 모르겠다. _홍아미

어느 골목길에서 만난 기타 연주자

볼리비아 우유니 사막

이탈리아 베네치아

chapter 2

여행이 일상이 될 때

멜버른에서 사랑에 빠진 카페, 마켓 레인 커피

여름날의 퇴사, 겨울로의 일탈

멜버른, 호주

여름의 입구에서 퇴사를 결심했다. 퇴사라니, 내가 이 말을 내뱉게 될 줄이야. 홀가분한 마음으로 회사 문을 나섰다. 마지막 퇴근이었다. 후련했다. 커다란 결정을 비로소 실행했음에 안도했다. 집에 도착했을 땐 한 톨의 미련도 남아 있지 않았다. 내일 걱정 없이 깊은 잠을 청했다.

퇴사를 하고 나면 누구나 한 번쯤 꿈꾼다는 '퇴사 후 여행'은 사실 내게 큰 기대를 주는 요소는 아니었다. 여행은 언제나 일의 한 부분이었으니까. 다만 이때가 아니면 또 언제 긴 여행을 해보겠어 하는 마음이 떠나고 싶은 욕구를 부추겼다. 자아 탐색이니 동기 부여니 하는 거창한 의미는 두지 않기로 했다. 그저 낯선 곳에서의 시간이 자연스럽게 흘러가기를 바랐다. 이따금 이방인이 되는 경험은 즐거움이기도 했고. 생각이 들어서자마자 바로 실행에 옮겼다.

여행지를 고르는 일은 어렵지 않았다. '본 투 비 여름 헤이터—어쩐지 썸머보다는 여름이라는 단어가 한국의 고온 다습한 기후를 떠올리게 하므로—'인 나는 여름으로부터 도망쳐 겨울로 가는 것만큼 좋은 것도 없겠다는 결론에 이르렀다. 더 고민할 것도 없었다. 호주 멜버른으로, 겨울로 날아가기로 했다.

비행기에선 잠을 잘 자지 못하는 탓에 멜버른까지 가는 내내 기내 영화 리스트에 있던 <토르>와 <어벤저스> 등을 보며 시간을 보냈다. 실없는 소리지만 영화 리스트를 보다가 문득 배우 크리스 헴스워스의 출연작이 이렇게나 많은 것은 호주 노선을 겨냥한 노림수(TMI: 크리스 헴스워스는 현재 호주 바이런 베이에 거주 중이며 출생지는 멜버른으로 알려져 있다)였을까 생각했다. 뭐랄까, 호주로 향하는 누군가에게 꿈과 환상을 심어주는 일종의 장치 같은 게 아닐까 싶었다. 적어도 나에겐 제대로 먹혀 들었다고 표현하면 더 나으려나.

멜버른 공항에 도착해 밖으로 나오자마자 제일 먼저 한 것. 숨을 한가득 들이마시고 내쉬는 일이었다. 차가운 공기가 콧속으로 들어와 정수리까지 얼려버리는 느낌이었는데 그게 그렇게 좋을 수 없었다. 입김까지 나자 정말 아주 다른 곳에 와버렸구나 실감이 났다. 분명 몇 시간 전까지는 땀을 흘렸었는데. 계절이 완전 반대인 나라에 오는 건 처음이라 생경한 기분이었다.

그 낯선 첫인상은 이내 익숙함으로 변했다. 반듯하게 조성된 도시 구획, 해묵은 건물과 번쩍이는 새 건물이 견주어 선 모양새, 우중충하게 이어지는 날씨. 오래전 잠시 살았던 시애틀과 겹쳐 보였다. 그래서인지 아님 그러고 싶어서인지 괜스레 내적 친밀도가 높아져서는 원래 여기 살던 사람처럼 도시를 누비고 다녔다. 그렇게 며칠을 지내다 보니 구글 맵도 필요가 없어졌다. 더욱 로컬인 척 할 수 있었다.

멜버른 산책에서
빠질 수 없는 커피

멜버른 마켓 근처 브런치 카페, 더 케틀 블랙

멜버른은 커피로 유명한 도시다. 맛있다는 카페를 거의 섭렵했다. 카페 직원들은 나를 이방인이 아닌 이 도시의 일원으로 보며 말을 걸어주었고 덕분에 멜버른에 안정적으로 스밀 수 있었다. 이렇게나 마음 졸이지 않고 여행했던 적 있던가.

물론 이 여행은 그저, 다른 여행보다 조금 더 긴 여정일 뿐이었다. 일상처럼 지내보자고 다짐했어도 이것이 결국 여행이란 사실은 변치 않으므로 그저 게으른 여행자로 지냈을 뿐이다. 흘러가는 시간에 신경 쓰지 않고, 자주 가는 단골 카페를 하나 만들곤 거기 늘어져서 책을 읽고, 컨디션이 별로면 하려던 일을 미루고 일찍 숙소로 돌아와 쉬고. 조급해하지 않고 되는대로 그렇게. 원래도 나의 여행 모토는 '무리하지 말자'이지만 더욱 최선을 다해 적극적으로 무리를 피하는 여행. 아마도 처음이자 마지막일지도 모르는, 그런 여행.

분수에 넘치는 사치였을지도 모른다. 그렇지만 이런 여행을 다시 할 수 있을까 생각하면 그건 모르겠다. 다시 여름으로 향해가는 지금, 나는 또 멜버른행 비행기 티켓을 뒤져본다. 멜버른은 거기 그렇게 그대로 있을 것이다. 언제든 또 나를 끌어 안아줄 것이다. 그랬으면 좋겠다. _김나영

다른 차원의 정글 숲

파리, 프랑스

파리에서 녹색의 여유를 즐길 수 있는 곳은 제법 많다. 이름 모를 꽃과 풀이 한바탕 자리를 꿰차고 나이가 퍽 많이 들었을 법한 나무가 줄지어 늘어선 커다란 공원들이 곳곳에 널려 있으니까. 부러 찾아 나설 필요도 없이, 경계라는 게 무색할 정도로 도심 속에 자연스레 녹아 들어 있는 초록빛. 어쩌다 파리 지도 속 점점이 번진 연둣빛 블록들을 세어보노라면 질투가 날 지경이다.

파리 식물원도 그런 풍경을 누릴 수 있는 곳 중 하나다. 마치 오팔 보석이 빛날 때의 그것처럼 오묘한 빛을 반사해내는 유리온실의 사진을 우연히 보고 한눈에 반했던 곳이다. 넓고 넓은 식물원 부지에 들어섰다. 한적하고 고요한 꽃길을 만끽하며 산책하다 보면 마음이 벅차오른다. 저 건너편 유리온실을 향해 느긋하게 다가가는데, 화창하던 하늘이 급작스레 울적해지더니 금세 굵은 빗방울이

오묘한 빛을 반사해내는 유리온실

툭툭 떨어졌다. 우산은 미처 챙기지 못했다. 비가 온다는 일기 예보는 없었는데.

황급히 내달려 유리온실 안으로 뛰어들었다. 느닷없이 펼쳐지는 새로운 세계로 발을 내딛는 순간이었다. 열대의 기운이 가득한 싱그러운 정글이 그곳에 있었다. 굵은 빗방울이 유리 천장을 두드리는 경쾌한 소리를 배경 음악 삼아 온실을 둘러보았다. 온통 초록빛으로 가득 찬 안온한 세상. 정글 숲이 머금은 촉촉한 공기를 가르며 정신없이 시간을 보냈다. 밖으로 나와 보니 하늘은 언제 그랬냐는 듯 맑게 개어 있고, 비를 흠뻑 맞은 대지는 짙은 풀 내음을 내뿜고 있었다. 나는 잠시 다른 세상에 다녀온 듯 묘한 기분에 젖었다. _김나영

싱그러움으로 가득 찬
파리 식물원 유리온실

하와이안 선데이

하와이, 미국

마우이에서 맞이하는 세 번째 아침. 하와이에 온 지 벌써 스무 날째다. 친구와 나는 잔뜩 성난 섬 바람에 떨어지던 잎사귀처럼 흔들리는 경차 '모닝'으로 해발 고도 3,058미터의 할레아칼라부터 용암이 망부석처럼 굳어버린 블랙 록까지 종횡했다. 그리고 우리는 일요일을 맞아 모처럼 각자의 휴식을 갖기로 했다.

느지막이 침대에서 빠져나와 요거트에 꿀과 포도잼, 뮤즐리를 말아 넣고, 숙소 주인 타이거가 식탁 위에 내놓은 티백 바구니에서 민트티를 꺼내 뜨거운 물에 우렸다. 야자수 아래 선 베드에 앉아 호젓이 아침 식사를 즐기는데, 반려견 두 마리와 함께 산책을 마치고 돌아온 타이거의 아내 브리짓이 "해변 앞에 거북이가 나와 있다"고 슬쩍 귀띔한다. 거북이가 그새 가버릴까 봐, 먹던 걸 내려놓고 카메라와 물 한 통만 챙겨 얼른 숙소를 나섰다.

마우이 해변에서 바라본 아름다운 일몰

해변에 나타난 바다거북

가이드북에 나와 있지 않은 동네 해변엔 로컬들의 일상이 있다. 키헤이의 앞바다에선 고작 서너 가족만이 일요일 아침의 여유를 만끽하고 있었다. 바람이 조금 세도, 모래가 뺨을 때려도 아랑곳없이. 미간을 찌푸리고 입안으로 들어오는 모래를 퉤, 뱉으면서 이런 불편을 별로 대수롭지 않게 넘기는 저들의 무심함이 조금 부러웠다.

브리짓이 말해준 '백사장 위에서 자고 있는 거북이'는 시야에 쉽게 들어오지 않았다. 저 멀리 몇몇이 파도 앞에 우두커니 서 있길래 물어나볼 요량으로 걸음을 재촉했다. 그들의 시선 끝에 1미터가 조금 안 되는 거대한 거북이가 젖은 모래 아래 바위처럼 파묻혀 있었다. 수십 초간 그 바위 같은 걸 지켜보았지만 미동도 없었다.

"살아 있는 거야?"

옆에서 거북이를 함께 지켜보던 소녀에게 물었다.

"그럼."

수 분쯤 지났을까. 한 모녀가 조심스럽게 거북이의 앞, 뒷발을 덮은 모래를 걷더니 몸을 살짝 들어올렸다. 죽었거나 아픈 게 분명한 줄 알았던 거북이는 단잠 후 기지개를 켜듯 느릿느릿 육중한 몸을 일으켜 몇 걸음 걷다가 부드럽게 바다로 들어가 몸을 띄운다. 7, 8초간 잠영하며 힘차게 나아가다 어푸, 고개를 내밀고 숨을 들이쉰 다음 다시 물속으로 들어가는 모습을 멍하니 지켜보았다. 물에 젖어 빛나는 저 민머리가, 까만 조약돌 같은 눈이 참 아름답다고 생각했다. 카메라를 들고 있다는 사실을 망각한 채 제집으로 돌아가는 그 생명체가 시야에서 완전히 사라질 때까지 배웅했다. 흐뭇한 얼굴로 거북이의 여정을 함께 지켜보던 아까 그 소녀에게 다시 말을 걸었다.

"잰 여기에서 혼자 뭐 하고 있었던 거야? 늦잠 잤나?"

"자러 오기도 하고, 종종 쉬러 올라오기도 하고 그래."

"근데 왜 혼자 못 일어나지? 어디가 아픈가?"

"아니. 그냥 모래에 좀 묻힌 거야. 대부분은 혼자 잘 일어나."

"이렇게 큰 거북이는 난생처음 봤거든. 대답해줘서 고마워."

최면에서 깬 듯, 그제야 주위를 둘러봤다. 호들갑 떠는 나와 달리 아이들은 모래성 쌓기를, 소년들은 보디 보드 서핑을, 젊은 부부는 선탠을, 노인들은 산책을 즐기고 있었다. 마우이 사람들에게 거북이는 지나가는 갈매기 같은 존재인가? 이런 야생을 평범한 일상으로 누리는 삶은 어떤 기분일까? 신비로운 아침이었다. _류진

백발 할아버지와 와인 한 잔
베네치아, 이탈리아

도시 전체가 미로처럼 이어진 베네치아. 리알토 다리 근처 좁은 골목길 안에 있는 바Bar. 노포처럼 보이는 바이지만 중년의 여주인은 노포처럼 보이지 않으려는 듯 세련된 옷차림과 매력적인 눈웃음으로 손님을 맞이한다. 와인 한 잔 마시기엔 다소 이른 오전 아홉 시. 바 안은 이미 시끌벅적하다. 베네치아가 위치한 베네토Veneto 지역이 자랑하는 고유의 스파클링 와인 프로세코Prosecco 한 잔을 주인에게 추천받았다. 가볍게 목젖으로 넘어가는 한 모금에서 기포가 톡톡 터진다.

매장 구석에 덩그러니 서서 낯선 풍경을 들여다본다. 삼삼오오 모인 할아버지들은 한 손에 잔을 들고 무엇이 그리 즐거운지 이야기꽃을 피운다. 일상인 듯 익숙해 보인다. 그러다 새 손님이 들어오면 일제히 입구 쪽으로 시선을 돌리는데 지인이 들어오면 '차오Ciao'

라고 반갑게 인사를 나누고, 타인이 들어오면 힐끗힐끗 곁눈질을 한다. 내가 들어왔을 때 그랬던 것처럼. 무슨 대화를 나누는지 정확히 이해할 수는 없지만 화기애애한 것만큼은 분명하다.

여행자에게는 다소 이질적이지만, 현지인에게는 익숙한 이 공기가 와인 맛을 한층 더 달곰씁쓸하게 한다. 손님이 밀려들어서 매장 밖 골목길에 마련된 테이블로 나왔다. 테이블이라고는 4개 남짓인 골목길 의자에 기대앉았다. 골목 안이라 행인이 그리 많지 않다. 덕분에 조용하다. 이따금 매장 안 웃음소리가 새어 나와 좁디좁은 골목 안을 울렸다. 테이블을 차지한 손님이라곤 나와 백발의 할아버지뿐.

어쩌다 할아버지와 눈이 마주쳤다. 할아버지는 마치 '매장 안 사람들과 난 달라'라고 자신을 소개하는 듯했다. 수수한 차림새였지만 내뿜는 기운만큼은 남달라 보였다. 우리는 꽤 오랫동안 시선을 마주하고 있었고, 각자의 테이블에 놓인 와인은 쉽사리 줄어들 기미가 보이지 않았다. 할아버지 모습이 인상적으로 다가와 사진으로 담고픈 욕구가 와인 잔 안 기포처럼 샘솟았다.

"실례지만 사진 한 장 찍어도 될까요?"

내 물음에 흔쾌히 동의한 할아버지는 사진을 찍는 순간에도 부동의 자세였다. 눈빛 하나 흐트러짐이 없었다. 할아버지는 카메라

사진에 담은 할아버지와 와인 한 잔의 시간

프레임 속에서 무언의 메시지를 건네는 듯했다.

'아쉴 샤베가 그랬다네. 와인을 마실 때는 항상 청춘인 것처럼 즐기라고.'

와인 애호가들이 말하기를 좋은 와인은 뒷맛이 깨끗하고 오래간다고 한다. 할아버지 모습은 좋은 와인처럼 아직도 선명하게 기억에 남아 있다. _박성혜

와인과 함께 쉽게
즐길 수 있는 식전주
아페롤 스프리츠

서울에 설레다

서울, 한국

나의 고향은 서울이다. 서울에서 태어나고 자라 30년이 넘게 생활했다. 학교에 가고 직장에 가고 놀러 다니며 서울 곳곳을 누볐다.

경기도로 이사를 앞둔 어느 날, 143번 버스를 타고 가다가 울컥했다. 버스 정류장을 지나칠 때마다 그 동네에 깃든 추억이 파도처럼 밀려왔다. 회사 동료들과 연극을 보고 맛집 투어를 했던 대학로, 남산 아래 고등학교에 다닐 때부터 여행 업계에서 일할 때까지 숱하게 드나들던 명동 롯데백화점, 새벽까지 춤추고 놀며 젊음을 불사르던 이태원, 자전거를 타거나 치맥을 즐기며 계절의 아름다움을 온몸으로 느끼던 한강공원, 낚지볶음을 먹고 영화관에 가면 완벽한 데이트가 가능했던 압구정동, 게임 방송 조연출 시절 생방송을 위해 매주 방문했던 코엑스……. 그때 깨달았다. 37년 동안 구석구석에 숱한 추억을 묻어둔 이 도시를 평생 그리워하게 될 것이라는 사

경찰청 앞 통일로 풍경, 프레이저플레이스 센트럴

실을 말이다.

경기도민이 된 지금은 서울로 나들이를 간다. 일주일에 서너 번씩 가던 잠실 롯데월드몰에 이사 후 처음으로 방문했을 때의 묘한 감정을 기억한다. 물리적으로 떨어지니, 익숙했던 공간이 한없이 낯설어 보였다. 낯섦은 설렘을 동반하기 마련이다. 롯데월드몰을 누비는 나의 시선에 호기심이 가득했다. 여행을 떠나온 듯 흥미진진했다.

업무차 서울에 방문할 때도 소풍을 가는 기분이다. 빨간색 광역버스에 올라 한 시간 하고도 30분을 더 달려 무교동에 도착하면 익숙한 풍경이 반겨준다. 무교동은 직장 생활 10년 중 8년을 함께한 동네다. 무교동에 갈 때마다 10년 전에 마셨던 '그 커피'를 마신다. 좁다란 골목 허름한 건물 2층에 위치한 다동커피집에 가서 여전히 영업하고 있음에 감사하며 고소한 아이스라떼를 주문한다. 10여 년 전, 취재와 마감에 시달리던 초보 여행 기자를 위로해주던 바로 그 커피다. 커피를 마신 뒤 도보 5분 거리에 위치한 을지로 핫 플레이스 아크앤북에 들른다. 서점과 라이프스타일 숍이 결합된 멋진 공간에서 감성을 듬뿍 충전해본다. 오래된 것과 새로운 것이 근사하게 조화를 이루는 서울을 압축해서 보려면 무교동만 한 곳도 없다.

니체는 "멀리 떨어져서 바라보라. 생각보다 훨씬 더 아름답다는 것을 깨닫게 된다"고 말했다. 경기도민이 되어 좋은 것 중 하나는 서울을 객관적으로 보게 되었다는 점이다. 여행자의 시선으로 만나는 서울은 언제나 설렌다. 거대하고 아름다우며 복잡하고 황홀하다. 무언가를 더 사랑하고 싶다면 한 발짝 떨어져야 한다. 훨씬 더 아름답다는 것을 깨닫게 될 것이다. _김영미

늦은 오후 한강 풍경

을지로의 핫 플레이스인 복합 문화 공간 아크앤북

한강에서 한발짝 들어가면 만나는
서울숲

여행을 시작한 이후로

이 빠진 그릇 정도는 아무렇지도 않아. 깨진 것까진 아닌데, 약간 모서리가 나간 도자기 그릇 같은 거 말이야. 예전엔 무조건 버렸거든. 그런데 여행 다니면서 그런 그릇에 담긴 음식을 진짜 맛있게 먹었던 거야. 베트남, 태국 같은 동남아는 물론 유럽에서도. 구멍이 나서 음식이 새는 것도 아닌데, 뭐 큰일이라고 조그만 흠집에 예민하게 구나 싶어 이제는 별 신경 안 써.

가끔 비 맞는 것도 나쁘지 않더라고. 가는 보슬비만 내려도 산성비다, 머리카락 빠질라 우산부터 챙기곤 했는데 어느 나라를 가도 우리나라처럼 우산을 꼭꼭 찾아 쓰는 사람들이 없더라. 생각해보니 비 오면 젖고, 햇빛 나면 마르고. 아님 샤워하면 되는 거잖아. 수돗물에 젖는 건 아무렇지 않아 하면서 자연이 준, 하늘에서 바로 내려준 물에 젖는 걸 병적으로 싫어했다는 게 좀 이상하더라고. 어차피 그 물이 그 물인데.

여행을 시작한 이후로 싫어하는 게 점점 줄고 있어. 신기한 일이지? 웬만하면 다 아무렇지 않아. 이를테면 눈앞에서 뒤뚱거리며 바쁜 발걸음 방해하는 비둘기를 봐도 별생각이 안 들어. 볼리비아 라파스의 무리요 광장을 기억해. 크지 않은 광장을 비둘기 수천 마리가 점령하고 있었지. 너무 많은 숫자에 조금 무섭다고 생각했는데, 거기 사람들은 비둘기를 좋아하더라. 웃으면서 먹이를 주고 있더라고. 금세 비둘기 떼가 둘러쌌는데 그 상황을 즐기더라니까. 벤치에 앉아 그 모습을 보다가 문득 이런 생각이 들었어.

'비둘기를 왜 무섭다고 생각한 거야? 나한테 해 끼친 적도 없는데. 그냥 살게두자. 공원이며 광장이며 좀 나눠 쓰면 어때.'

영어 발음에도 연연하지 않게 되었어. 그동안 미국식 영어 발음이 정답이라고 생각했는데, 다양한 나라의 영어를 들으면서 의문이 생긴 거야. 무엇이 정답이라고 누가 정해놓은 게 아니잖아. 영국 영어는 원조니까 여유롭고 격이 높은 느낌이지. 스페인, 이탈리아 발음은 뭔가 친근하고 알아듣기 쉬워서 좋아. 인도식 영어 발음은 좀 능글맞고, 태국식 영어는 웃기고 귀여워. 뷰리풀, 뷰티풀, 뷰티뿔. 뭔들 어때. 내가 좋고 예쁘다잖아. 그거면 됐지.

세계를 여행할수록 나의 세상도 넓어지는 걸 느껴. 낯선 세상을

1년 내내 화창한 나트랑 해변, 베트남

볼리비아 라파스의 무리요 광장

만나면 처음엔 조금 당황스럽고, 그다음엔 재미있어지고, 나중엔 기대가 되지. 어디까지 괜찮아질까. 얼마큼 할 수 있을까. 얼마나 달라질까. 그러다 보면 어느새 몰라보게 멋진 내가 되어 있지 않을까. _*홍아미*

무더운 날의 시원한 휴식, 혼총 카페, 베트남

여행병

신혼여행이 첫 해외여행이었던 나. 신혼여행을 다녀온 후 심각한 병에 걸렸다. 그것은 바로 '여행병'. 한 번 걸리면 완치되기 어렵다는 그 병에 걸리고 말았다. 여행병에 걸린 후 여행이라는 단어만 봐도 심장이 두근거렸다. 비행기를 보면 떠나고 싶다는 생각뿐이었다. 여행이 삶의 우선순위 중 하나가 되어버렸다.

태어나서 30년 동안 해외여행에 별 관심도 없던 사람이 이렇게 변하다니 상상하지 못했던 일이다. 그전까지 여행은 나와 상관없는 이야기였다. 그랬던 내가 여행에 빠진 이유는 무엇일까? 아마도 여행이 주는 떨림을 알아버렸기 때문 아닐까. 또한 여행의 끌어당김에 기분 좋게 끌려가는 맛을 알아버렸기 때문이리라 생각해 본다.

결혼 3년차 시절, 프랑스와 이탈리아 여행을 마치고 온 지 몇 달이 흐른 시기였다. 다음 여행을 가려면 이듬해 휴가 때까지 기다려야 했다. 가고 싶을 때 마음대로 떠날 수 없는 직장인이었기에 여행에 대한 간절함이 더 커져만 갔다. 그러던 어느 토요일 오후, 쉬고 있던 남편에게 말했다.

"우리 인천 공항 가자."

남편은 왜 갑자기 인천 공항을 가자는 건지 알 수 없어 어리둥절한 표정이었다.

여행을 너무 가고 싶을 때 찾는 인천 공항

"지금 당장 여행 가고 싶은데 떠날 수가 없잖아. 공항에 가서 대리 만족이라도 해야겠어."

내가 하는 말이 농담이 아니라는 걸 알고, 남편은 순순히 내 제안을 따라주었다. 우리는 바로 인천 공항으로 향했다. 인천 공항에 가까워질수록, 비행기들이 점점 크게 보일수록 심장이 쿵쾅쿵쾅했다. 주차장에 차를 세운 뒤 출국장으로 올라갔다. 그때부터 공항 이곳저곳을 둘러보며 돌아다녔다.

먼저 항공사 카운터에서 탑승권을 받으려고 줄 선 사람들을 구경했다. 한껏 치장하고서 들뜬 목소리로 대화하는 아주머니들, 목베개를 목에 걸고 장거리 비행에 대비하는 대학생들, 신혼여행을 가는 듯 옷을 맞춰 입고 나온 커플들. 다양한 사람들이 다양한 목적으로 어디론가 떠날 준비를 하고 있었다. 그들의 에너지를 받아서일까. 그 자리에 있는 것만으로도 내가 곧 어디론가 떠날 사람처럼 느껴졌다.

출국장의 처음부터 끝까지 다 둘러본 후, 우리는 에스컬레이터를 타고 식당과 카페가 있는 위층으로 향했다. 카페 창가에서 이륙을 준비하는 비행기를 볼 수 있었다. 우리는 커피를 주문한 뒤 창가 쪽에 자리를 잡았다. 그러고는 비행기 구경을 실컷 했다.

"공항에 오니까 좋아?"

"응. 이렇게 사람 구경하고, 비행기 구경하니까 답답했던 게 풀리는 기분이야."

"잘됐네. 공항이 먼 것도 아닌데 앞으로 데이트 삼아 종종 오자."

"우아, 우리 남편 최고네."

그 이후 우리는 한 달에 한 번 정도 인천 공항으로 나들이를 떠났다.

여행병의 치료제는 여행이다. 그렇다고 증상이 나타날 때마다 바로바로 여행을 떠날 수는 없다. 결국 여행을 대신할 수 있는 대체재를 찾게 된다. 나에게는 그것이 인천 공항 나들이였다.

여행병에도 강도가 있는 듯하다. 초기에는 증상이 매우 격렬했다. 떠날 수 없다는 것이 답답하게 느껴지기도 했다. 하지만 시간이 흘러 여러 나라를 여행 다닌 이후 증상은 서서히 약해졌다. 적당한 때가 되면 여행을 간다는 걸 몸과 마음이 알아차린 덕분 아닐까.

인천 공항으로 나들이를 못 간 지 꽤 오래되었다. 바이러스에 잠식당한 요즘 상황이 조금 나아지면 인천 공항에 가봐야겠다. 전처럼 커피를 마시며 비행기 구경도 할 겸 말이다. _김유미

인천 공항의 풍경

하와이 상공에서 바라본 오아후

브라질 마나우스 상공에서 바라본 아마존

곳곳에서 모로코의 이국적 정취가 묻어나는 베르베르 로지

언젠가 숙소 주인이 된다면

내게 숙소는 여행에서 가장 중요한 요소 중 하나다. 당연히 신혼여행을 준비할 때도 공을 들였다. 첫 목적지였던 모로코는 직항이 없어 도착하기까지 꼬박 하루 가까이 걸렸다. 거기에 결혼식이라는 성대한 이벤트를 마친 해방감을 만끽하려면 적어도 이틀 이상은 휴양을 해야 했다. 원하는 조건에 맞는 숙소를 찾으려고 폭풍 검색을 하다가 매거진 〈GQ〉에 소개된 '베르베르 로지'를 발견했다.

기사에 덧붙여진 사진은 단 한 장뿐이었지만, '흙벽돌로 지은 단층 건물, 잡초로 만든 정원, 올리브 숲이 듬성듬성 덮고 있는 수영장이 딸린 전통적 마을의 축소판', '모로코의 핑크 시티에서 현지 문화와 쇼핑을 잔뜩 즐긴 뒤 며칠 동안 쉬고 싶다면' 등의 설명은 딱 내가 바라던 숙소를 그리고 있었다. 숙소 홈페이지와 SNS를 찾아보니 이곳이 아니면 안 될 것 같았다. 단 한 가지 걸리는 점이 있다면 한국인 후기를 전혀 찾아볼 수 없다는 것. 그래도 호평 일색인 외국인들의 후기를 믿고 과감히 예약을 해버렸다.

모로코 공항에 도착하자마자 후덥지근한 기운이 들이닥쳤다. 짐을 찾아 밖으로 나오는데 한 청년이 내 이름이 적힌 종이를 들고 서 있었다. 처음 가보는 사람은 잘 찾을 수 없는 위치에 숙소가 자리한 탓에 미리 리무진 서비스를 신청해둔 터였다. 우리를 마중 나온 기사가 틀림없었다. 다가가 인사하자 그는 우리를 차로 안내한 뒤 30분 가까이 묵묵히 운전했다. 한없이 이국적인 바깥 풍경에 한참을 홀려 있다 앞을 보니 '베르베르 로지'라고 작게 쓰인 푯말이 눈에 띄었다.

그런데 그 푯말 뒤로 보이는 거라곤 사막 같은 허허벌판뿐이었다. 청년은 조용히 핸들을 꺾더니 마치 그에게만 길이 보이는 듯 울퉁불퉁한 비포장도로를 거침없이 달렸다. 얼마 지나지 않아 우리는 소박해 보이는 단층 건물 앞에 도착했다. 여기가 맞나 싶을 때쯤 두 명의 스태프가 우리를 안으로 이끌었다. 입구를 지나 안으로 들어선 순간, 걱정은 기우라는 걸 단번에 알아차릴 수 있었다. 단조로운 듯하면서도 우아하고, 이국적이면서도 아늑한 숙소 모습에 감탄을 연발했다.

7헥타르의 넓은 부지에 방이 7개밖에 되지 않아 우리는 그 어떤 방해도 받지 않고 온전한 휴식을 취할 수 있었다. 숙소 내 레스토랑에서 식사하고, 방에서 쉬고, 올리브 나무 정원을 산책하고, 수영장 옆 데이 베드에 앉아 책을 읽는 유유자적한 시간. 그간 쌓일 대로 쌓인 피로를 풀고 지친 몸과 마음을 치유하기에 충분했다.

둘째 날 아침, 느긋하게 조식을 먹고 있는데 한 중년 남성이 테이블을 돌아다니며 갑자기 인사를 하기 시작했다. 마침내 우리 테이블 차례가 되었을 때 그의 정체를 알 수 있었다. 그는 이곳의 주인으로서 투숙객들의 안부를 살피고 있었다.

언제나 깔끔하게 정돈되어 있던 응접실

올리브 나무 그늘이 드리워진 수영장

소박한 멋이 흐르던 룸 내부

우리에게 어디에서 왔는지 정중히 묻기에 한국에서 왔다고 답했다. 그랬더니 중국, 일본이 아닌 한국 손님은 처음이라 이곳을 어떻게 알게 되었는지도 궁금해했다. 우연히 잡지에서 보고 왔는데, 마음에 쏙 들어 주변에 많이 소개하겠다고 나도 모르게 너스레를 떨었다.

그와의 짧은 대화를 마친 후 응접실에 놓인 가이드북을 넘기는데 갑자기 낯익은 얼굴이 등장했다. '스위스 출신 인테리어 디자이너'라고 소개된 그 인물은 바로 주인아저씨였다. 2002년부터 모로코에 정착한 그는 아프리카의 베르베르 문화와 관습, 공예와 건축에 큰 영감을 받아 이곳을 만들게 되었다고 쓰여 있었다.

그러고서 가만히 생각해 보니 스위스에서 온 사람이 모로코에 정착해 집을 짓고, 한국에서 온 우리가 머물게 되었다는 사실이 신기하기만 했다. 나고 자란 곳이 아닌 타지에 살 결심을 하고, 원하는 공간을 실제로 구현하고, 세계 각지에서 온 손님들을 맞이하는 이 모든 일이 가능하다는 게 새삼스럽게 와닿았다. 언젠가 내가 어딘가에 나만의 숙소를 꾸려 국적도, 스타일도 가지각색인 여행자들을 맞이한다면? 그런 허무맹랑한 상상만으로도 잠시나마 내 삶이 다채로워지는 듯했다. _양슬아

전기가 없어도, 와이파이가 없어도

세부 오슬롭, 필리핀

새벽 다섯 시에 도착한 오슬롭. 아직 해가 뜨지 않아 하늘이 깜깜했다. 그래도 수평선 너머로 희미하게 붉은빛이 올라오고 있었다. 가까운 곳에서 파도 소리가 들렸다. 바다를 보고 싶었는데, 함께 온 다이빙 강사가 어서 들어가 쉬라고 말렸다. 프리 다이빙 레벨 업을 위해 필리핀을 찾은 터였다. 컨디션 조절이 필수라서 피로를 풀어야 했지만 잠을 자고 싶진 않았다. 숙소에서 짐을 풀어헤치고 겨우 잠이 들었다. 평소에도 휴일은 오로지 잠으로만 보내는 내가, 다음 날 아침 여덟 시부터 눈이 떠졌다. 살짝 피곤하기는 했지만 해가 쨍쨍한 오슬롭 바다가 바깥에 있는데 마냥 잘 수가 있나.

칼날처럼 날카롭게 햇빛이 떨어지는 마당에는 작은 풀장이 있었다. 그 뒤로 야외 식당과 울타리, 그리고 바다가 보였다. 에메랄드빛으로 일렁이는 바다라니. 아침 아홉 시에 근처 수밀론 섬으로 다

야외 식당과 울타리, 그리고 바다

방 안에서 보이는
오슬롭 비치

현지 아이들의 놀이터인
다이빙 센터 앞 비치

고래상어 스노클링을 즐길 수 있는 브리핑 센터 가는 길

이빙을 하러 배가 나갈 거라는 다이빙 강사의 말에 새벽 비행의 피로도 잊은 채 수영복으로 갈아입고 핀을 챙겨 배에 올랐다. 프리 다이빙을 배운 후, 인생 처음으로 구명조끼 없이 바다에서 수영한 기록적인 날이었다. 약 두 시간을 바다에서 유유자적 떠 있다가 숍으로 돌아왔다. 바닷물에 젖은 상태에서 점심을 먹었다. 머리에서 떨어진 짠물이 자꾸만 입으로 들어갔다.

휴식 시간에는 마을을 걸었다. 도시와 떨어진 시골 마을이라서 변변찮은 레스토랑이나 카페가 없었다. 그나마 맥주를 살 수 있는 마트라도 있으니 다행이었다. 한국에서 가져온 포켓 와이파이는 불통이었다. 다이빙 숍의 와이파이도 연결이 희미했고, 유심 칩도 별 소용없었다. 인터넷이 잘 안 되니 인스타그램에 사진 한 장 올리는 데도 한 시간이 걸렸다. 처음에는 안절부절못하다가 나중에는 스마트폰을 아예 방에 던져놓았다. 그런 기계가 없어도 오슬롭에서 보내는 시간은 충분히 지루하지 않았다.

매일매일 아침과 점심에 바다로 나가서 수영했다. 오전에는 트레이닝을 받았고, 오후에는 자유롭게 다이빙을 즐겼다. 돌아오면 젖은 상태로 벤치에 앉아 망고를 먹었다. 사진을 찍을 때 빼고는 스마트폰은 거의 사용하지 않았다. 지독히 힘들었던 회사에서 퇴사한 이후라 마음이 가벼웠고, 세상과 단절된 듯한 느낌도 꽤 기분 좋았다.

하루는 전기가 들어오지 않아서 밤늦게까지 샤워조차 하지 못한 채 짠 바닷물에 절어 있던 적도 있었다. 방에 들어가 에어컨을 켠 채 시원하게 지내는 것보다 바깥에 앉아 넋 놓는 시간이 더 행복했다. 툭하면 방에 바퀴벌레가 나타나고 등에 스프링의 요철이 느껴질 정도로 매트리스는 엉망이었지만, 뭐랄까. 그냥 이유 없이 좋았다. 내가 여행을 가면 늘 걱정하는 엄마가 '살아 있느냐'며 메시지를 보내왔다. 그러나 답장이 가지 않아 무시할 수밖에 없었다. 물론 나는 너무나 잘 살아 있었다.

도시에서는 스마트폰을 손에서 놓지 않았는데, 이 마을에서는 불필요한 물건이었다. 새카만 얼굴에 마스크 자국을 선명하게 새긴 채로 귀국했다. 어땠냐는 가족에게 "좋았어"라는 말 외에 딱히 할 말이 없었다. 정말 좋았다. 그냥 거기 계속 그렇게 살고 싶을 정도로. 너무 한가해서 하루가 지나가는 게 아쉬울 만큼.

꼭 관광 명소를 둘러보고 현지의 유명 음식을 먹어야만 여행이 아니다. 여행은 그냥 그 순간, 그 공간에 녹아드는 것만으로도 충분하다. _엄지희

미로처럼 좁은 운하를 지나는 곤돌라

칸나레조 지역의 구글리에 다리

합리적 길 잃기

베네치아, 이탈리아

내게 베네치아의 기억은 '수없이 많이 지나다녔던 다리와, 건물과 건물 사이를 이어주던 수로, 막다른 길과 붉은 꽃이 피어 있는 화분과, 창문 같은 것' 들이 가장 먼저 떠오른다. 그곳에선 무작정 걷다가 길을 잃는 것으로 대부분의 시간을 보냈다.

막 스마트폰 보급이 시작될 무렵에 떠난 여행이었다. 모두가 한 손에 지도 대신 스마트폰을 들고 쉽게 길을 찾았다. 나는 유심 칩도 사지 않고 로밍도 하지 않은, 전혀 스마트하지 않은 블랙베리 휴대폰을 사용하고 있었다. 당연히 휴대폰으로 길을 찾아보기가 힘들었다. 새 도시에 도착하면 항상 인포메이션 센터에 가서 지도를 받아왔다. 그리고 숙소 위치를 꼭 그려달라고 당부하곤 했다.

숙소를 나서면 건물 바로 옆에 있는 가게에서 소다 맛이 나는 형광 파란색 젤라토를 사 먹었다. 그리고 걸었다. 특별한 목적지 없이 가고 싶은 데로 갔다. 어느 때는 막다른 길이 나오기도 하고, 또 어느 때는 리알토 다리나 산 마르코 광장이 대뜸 나오기도 했다. 그러나 대부분은 현지인이 사는 주택가의 골목을 걸었고 작은 공원과 다리를 지나 낯선 동네로 들어가곤 했다. 작은 성당 앞에서 합창 연습을 하는 할아버지와 할머니를 구경하다가, 배가 고플 때면 숙소에서 가져온 빵을 먹으며 계단에 앉아 그림을 그렸다. 매번 새로운 풍경이 눈앞에 나타났다.

베네치아에 머물던 나흘 동안 나는 하루에 한 번꼴로 '일부러' 길을 잃었다. 예뻐 보이는 골목을 보면 망설임 없이 들어갔다. 호기심을 참지 못하고 떠돌다가 도시 끝까지 가서 바다를 마주하기도 했다. 어디를 갔었는지 기억도 제대로 나지 않지만, 이 아름다운 수상 도시를 떠나기로 마음먹었을 때는 단 한 톨의 아쉬움도 남아 있지 않았다.

그 유명한 오케스트라 공연을 보고 종탑에 올라가 전망을 눈에 담고 파스타에 와인까지 마셨는데, 신기하게도 가장 먼저 떠오르는 기억은 툭하면 길을 잃기 위해 무작정 아무 골목이나 들어갔던 그 순간이다. 목적지를 향해 걷는 것보다 가고 싶은 대로 걸으며 만난 풍경이 훨씬 베네치아 같았다.

숙소에 들어가면 같은 방 룸메이트가 오늘은 어디에 갔었느냐고 물었다. 나는 대부분 '오늘 길을 잃었다'고 답했다. 지금도 그 6년 전과 다르지 않다. 예쁜 풍경이 보이면 그냥 걷는다. 길은 나중에 찾아도 늦지 않다. 보고 싶은 만큼 충분히 보고 느낄 수 있을 만큼 도시를 밟아야, 그때의 순간이 추억 속에 각인된다. 어디를 '갔었다'라기보다 어떤 풍경을 '보았다'고 말해줄 수 있도록 말이다. _엄지희

베네치아 골목에서 보이는 이정표

멜버른 하드웨어 레인의 노천 카페

코사무이 낭유안 섬

chapter 3

어떤 여행

여행지에서 낭만을 찾다

포르투, 포르투갈

오후 여섯 시, 미리 예약해둔 파두Fado 공연장에 들어섰다. 포르투에서 찾아간 파두 공연장은 협소했고, 작은 무대 위에는 의자 두 개만 달랑 놓여 있었다. 파두는 '사우다지Saudade'를 표현한 포르투갈 고유의 음악 장르다. 사우다지는 그 어떤 언어로도 정확한 번역이 불가능한 독특한 감정을 의미하는데, 우리말로는 향수나 그리움 정도가 가장 가까운 단어가 아닐까 싶다. 파두 음악은 유럽의 끝에서 바다로 떠날 수밖에 없던 포르투갈인들의 역사에서 비롯되었다. 육지에 남은 이들이 바다로 떠난 가족 등을 그리워하며 불렀던 노래다. 그 때문에 곡조에는 우리의 '한恨'처럼 애달픈 감정이 담겼다.

공연 시간이 되자 무대 위로 솔로 가수 한 명과 포르투갈 기타 연주자, 그리고 일반 클래식 기타 연주자가 들어왔다. 세 명으로 구성된 공연팀은 심플했으나, 그 소리는 보기완 전혀 달랐다. 구슬픈

동 루이스 다리에서 바라본 도루강

기타 연주 소리와 절절히 애원하는 듯한 가수의 목소리는 풍성하게 어우러졌다. 놀랍게도 가수는 마이크 없이 오롯이 성량으로만 공연장 내부를 꽉 채웠다. 넓게 울리는 그녀의 애절한 목소리는 지켜보던 사람들을 무대로 몰입시켰다. 전반부가 끝나고 쉬는 시간에는 공연 주최 측에서 준비한 포트 와인을 마셨다.

기타 연주자 두 명, 보컬 한 명으로 구성된 파두 공연

와인은 달콤하면서도 독했고, 그에 맞춰 후반부로 갈수록 음악도 격해졌다. 작은 공연장은 기타 소리와 한 사람의 노랫소리만이 가득했다. 객석은 쥐 죽은 듯 조용했고 모두가 무대에 홀려 집중했다. 무대로부터 피워진 애달픈 감정은 공연장 전체에 물들어 있었다.

관람을 마치고 나오니 마침 해가 저물고 있었다. 해 지는 방향을 따라 포르투 도시가 노랗게 짙어져갔다. 아직 파두의 사우다지 감정에서 빠져나오지 못한 나는 이 광경에 감성이 더욱 폭발했다. 석양을 등진 도루강과 붉은빛 지붕들로 이루어진 도시 풍경이 황홀했다. 낭만은 여기에 있었다. 그래서였을까? 포르투갈 여행에서 돌아온 뒤 내 기억 속에 가장 크게 자리 잡았던 것은 길 한가운데를 천천히 지나다니는 노란색 트램도, 두 세기에 가까운 세월 동안 사람들의 사랑을 받아온 에그타르트도 아닌 한 여인의 목소리였다. _안소은

라일레이 해안 암벽

영원한 여름

라일레이, 태국

서른을 맞이한 해, 태국 라일레이에서 생애 첫 타투를 했다. 한국으로 돌아오기 전날, 새벽 두 시. 열려 있는 타투 숍 아무 곳에나 들어가 원하던 문구를 새겨달라고 했다. 'eternal summer'. 영원한 여름을 몸에 지워지지 않게 새겨 넣었다.

영원한 여름. 라일레이는 이 단어로 밖에 설명할 수 없는 곳이다. 태국 남부에 위치한 라일레이는 동행한 친구의 표현을 빌리자면 '더럽게 먼' 곳이었다. 방콕에서 국내선 비행기로 끄라비까지 한 시간, 끄라비에서 보트로 10분을 또 들어가면 라일레이에 당도할 수 있다. 인천 공항에서 출발한 지 열두 시간째, 아직도 라일레이에 도착하지 못한 우리는 픽업 차량을 기다리며 지루함과 싸우고 있었다. 친구가 가져온 김연수 작가의 에세이 《시절일기》를 집어 들고 슥슥 넘기던 나는 소리를 질렀다.

"야, 여기 라일레이가 나와!"

지금 당장, 영원한 여름에 이르는 법

- 방콕행 비행기 표를 끊고, 그 날짜에 출국장을 빠져나간다.
- 방콕에서 국내선으로 갈아타고 끄라비로 간다.
- 끄라비 공항에서 택시 티켓을 끊고 아오낭까지 간다.
- 아오낭의 게스트 하우스에서 창 맥주를 마시며 하룻밤을 보낸다.
- 다음 날, 아오낭에서 롱테일 보트를 타고 라일레이까지 간다.

"하지夏至, 여름에 이른다. 그러니까 영원히 하지만 계속된다는 거지."

김연수 작가가 어째서 라일레이를 영원한 여름이라 불렀는지 알 수 없지만 정확한 표현이라고 생각했다.

라일레이는 10분이면 동쪽과 서쪽을 오갈 수 있는 아주 작은 해변 마을이다. 그럼에도 동서남북이 다른 분위기라 부지런히 움직여도 하루가 짧다. 눈을 뜨면 라일레이에서 가장 유명한 해수욕 스폿인 프라낭 비치로 간다. 붉은 암벽을 맨몸으로 오르는 사람들을 구경하다 배가 고파지면 동쪽 식당가로 어슬렁어슬렁 이동한다. 내가 제일 좋아하는 가게는 동쪽 구석 끝에 있다. 그곳에선 바다 위

바다 위에서 즐기는 맥주와 독서

라일레이에서 가장 유명한 프라낭 비치

에서 맥주를 마실 수 있다. 찰박찰박 파도 소리를 배경 음악 삼아, 해먹에 누워 흐르는 시간을 가만히 느낀다. 이 순간을 위해 라일레이로 세 번이나 왔다고 해도 과장이 아니다.

서른을 맞이한 10년 지기 세 친구는 무언의 약속처럼 매일 밤 여행자 거리의 작은 오두막 술집으로 향했다. 우리는 영업을 시작한 이래 세탁이란 걸 한 적 없어 보이는 방석에 아무렇게나 앉아 서로에 대한 퀴즈를 냈다. 예를 들면 이런 식이었다.

'2012년 K의 방 벽지 색깔은?'

'2015년 S가 이별 후 했던 명언은?'

시답잖지만 10년이란 세월이 쌓인 관계에서만 가능한 게임을 하며 밤새 술을 마셨다. 그런 하루가 라일레이에 머무는 사흘간 반복되었다. 매일매일, 아니 영원히 반복되어도 좋을 여름날이었다.

날갯죽지에 새긴 타투를 본 사람들이 무슨 뜻이냐고 묻는다. 그러면 "혹시 태국에 라일레이라고 알아?" 하고 운을 뗀다. 절벽 뒤로 펼쳐지던 보랏빛 노을, 여름밤 바람에 흔들리던 야자수, 그곳에서 반복되던 나른한 일상, 그리고 20대 마지막 날 해변에서 보았던 불꽃놀이 덕분에 라일레이를 더욱 사랑하게 되었다는 그런 긴긴 이야기를 들려준다. 마지막엔 언젠가 라일레이에 같이 가자고 덧붙인다. 좋아하는 사람들에게만 하는 애정 표현이랄까. _양주연

커피 한 잔이 준 진한 감동
코모 호수, 이탈리아

2019년 1월 1일 새해 첫 커피에서 받은 진한 감동 한 잔. 유럽 대부분의 나라는 화장실이 유료다. 여행자들은 '돈을 내고 화장실에 가느니 커피 한 잔을 마신 후 커피숍 화장실을 이용하는 게 낫다'는 말을 종종 한다.

그날도 그랬다. 화장실에 가고 싶었으나 새해 아침, 이탈리아 북부의 작은 마을에서 영업하는 곳은 드물었다. 종종걸음으로 카페를 몇 곳이나 지나쳤는지 모른다. 그러다가 영업 중인 카페를 발견하자 마치 사막에서 오아시스를 찾은 기분이었다. 커피 한 잔 마시러 온 게 주목적인 듯 힘차게 문을 밀었다. 커피를 주문하고서 화장실로 달렸다. 화장실은 한 칸뿐이고 남녀 공용이었다. 내 앞으로 다섯 명이나 차례를 기다리고 있었다. 기다림은 선택이 아니라 필수인 상황.

바다처럼 깊고 넓은 코모 호수 풍경

그렇게 10여 분이 지난 후 바 테이블로 돌아왔다. 남편은 주문한 에스프레소 한 잔을 다 마시고 다른 사람에게 자리를 내어준 상태였다. 내가 주문한 라테는 이미 라테 아트가 희미해질 만큼 식었다. 어쩔 수 없지 하며 한 모금 마시려는 순간, 바리스타가 커피 잔을 채갔다. 바리스타는 어리둥절한 표정의 나를 보며 말했다.

"Madama, this coffee is Cool(커피가 식었네요, 부인)."

바리스타는 따뜻한 라테를 금세 만들어 무심한 듯 건넸다. 새해 첫날 마신 커피 한 잔에 이런 감동을 받다니! 고맙다는 인사를 하고 싶어 계속 눈치를 살폈지만, 밀려드는 손님 때문에 결국 타이밍을 놓쳤다. 애초 커피가 목적이 아니었기에 식은 커피도 괜찮았는데. 코모 호수보다 넓고 깊은 마음을 지닌 훈남 바리스타의 배려 덕분에 따뜻한 커피 한 모금을 마셨고 그보다 진한 향기를 가슴에 새겼다. 크레마처럼 내 마음에 풍성하고 깊은 울림을 준 새해 첫 커피. 하루의 에너지 충전을 넘어 앞으로 살아갈 일상을 위해 새롭게 또 다짐하는 귀한 한 방울이 되었다. _박성혜

따뜻한 커피를 다시 내려준
바리스타

아비뇽에 온 것을 환영합니다

아비뇽, 프랑스

새벽 다섯 시, 바르셀로나에서 탄 야간 버스가 아비뇽에 도착했다. 버스 정류장에서 내리면 바로 성문과 구시가지가 있을 줄 알았는데, 차 한 대 지나지 않는 허허벌판이었다. 그 황당함이란. 거리에 인적은 없었고, 방향을 가늠할 표지판도 보이지 않았다. 성벽 안으로 들어가는 문 같은 건 어디에서도 찾을 수 없었다. 로밍도, 유심칩도 없이 오로지 지도 하나에 의지한 여행이었기에 내가 도대체 어디에 있는지 알 길이 없었다.

5월이었는데도 바람은 무척 차가웠다. 머리가 산발이 될 정도로 강한 지방풍이 불었다. 왼쪽으로 갔다가 오른쪽으로 갔다가, 길을 건넜다가 왔던 길로 돌아왔다가. 엄청나게 헤매고 다녔다. 20킬로그램이 넘는 캐리어를 끌고 이동하기란 여간 어려운 게 아니었다. 지나가는 사람이 있으면 길을 물어볼 텐데. 미리 길을 알아둘걸, 조금 더 찾아볼걸, 아니 아예 오지 말걸. 끊임없이 후회의 혼잣말을 내뱉으며 한 시간을 정처 없이 돌아다녔다. 그러다가 버스 정류장에 누군가가 서 있는 것을 발견했다. 무작정 다가가 길을 물었다. 긴 시간 동안 추위 속에서 헤맸기에 나는 지칠 대로 지쳐 있었다.

남자는 손짓을 해가며 열심히 설명했지만, 무슨 말인지 전혀 알아들을 수 없었다. 내가 전혀 모르겠다는 얼굴로 가만히 서 있자 그는 굉장히 난감한 눈치였다. '프랑스인이라서 영어를 못 하나 보다, 왜 영어를 못하는 거야' 식의 예의 없는 생각까지 했다. 그는 시계를 한 번 확인하곤 내게 따라오라고 손짓했다. 그를 따라 10분을 넘게 걸었다. 갑자기 눈앞에 구시가지로 들어가는 성문이 나타났다. 그 너머로 곧게 뻗은 공화국 거리가 보였다. 아침이 시작되지 않은 도시는 여전히 고요했다.

"메르시! 메르시 보쿠!"

진심을 다해 서툰 프랑스 감사 인사를 전했다. 그러자 그는 자신의 휴대폰에 무언가를 꾹꾹 적어 보여주었다.

"Welcome to Avinon(아비뇽에 온 걸 환영해요)."

'아, 어, 우'라는 어눌한 소리도 함께. 그제야 그가 말하지 못하는 사람임을 깨달았다. 왜 영어를 못하는 사람을 만났나 투정을 부린 스스로가 부끄러웠다. 순간 눈물이 핑 돌았다. 그는 짧게 미소를 지

인적조차 없는 이른 아침의 아비뇽 거리

교황청 옆 노트르담 성당의
성모 마리아상

아비뇽의 랜드마크인 교황청

으며 지나왔던 길로 다시 돌아갔다.

나처럼 운이 좋은 사람이 또 있을까. 누구는 여행하다가 소매치기에게 아이패드를 빼앗기고 캐리어를 털리는데, 나는 늘 받기만 했다. 포르투에서는 장미꽃 한 송이를, 베네치아에서는 젤라토를, 두브로브니크에서는 멋진 와인 한 병과 친절한 미소까지. 어떤 여행지를 사랑하게 되는 조건은 그곳이 지닌 풍경도 제공하지만 그곳의 사람이 만들기도 한다. 캐리어를 끌고 끙끙 숙소 계단을 오르면서 여기 오길 잘했다고 생각했다. 참, 잘 왔다고. _엄지희

여행자의 촉

코사무이, 태국

여행을 다니다 보면 갑자기 어떤 촉이 올 때가 있다. 기차를 놓칠 것 같다는 느낌, 버스에서 잘못 내린 것 같다는 느낌, 음식을 잘못 주문한 것 같다는 느낌, 혹은 물건을 잃어버릴 것 같다는 느낌. 그저 촉이라고 무시하기엔 잘 맞는다는 게 문제다.

여행지에서 촉이 잘 맞는 이유는 무엇일까? 낯선 곳이다 보니 온몸의 감각 세포가 기민하게 작동하기 때문 아닐까. 일종의 생존 본능일 수도 있다. 위험이나 사고 등을 미리 준비하고 조심하라는 뜻. 이런 신호에도 불구하고 설마 하며 넘겼다가 낭패를 보기도 한다.

태국 코사무이로 휴가를 떠났다. 태국의 다른 휴양지에 비해 덜 복잡하다는 이야기를 듣고 고른 여행지였다. 선택은 탁월했다. '깨끗한 섬'이라는 뜻의 이름처럼 아름다운 바다, 잘 보전된 자연환경을 가진 곳이었다. 특히 여행자의 80퍼센트가 유럽인이다 보니, 유

럽에 와 있는 듯한 느낌도 들었다.

첫날은 숙소에 머물며 휴양지에 온 기분을 만끽했다. 다음 날은 근처 섬으로 투어를 떠났다. 코사무이에서 한 시간 정도 떨어진 낭유안 섬이었다. 천혜의 자연을 보호하기 위해 시간마다 들어갈 수 있는 인원을 제한하고 있었다. 남편과 나는 그 섬에서 두 시간 정도 머물렀다. 해변에 자리를 잡고 풍경을 감상했다. 나는 바다에 별로

코사무이에서 한 시간 거리인 낭유안 섬

들어가고 싶지 않아 계속 누워 있을 심산이었다. 반면 남편은 바다에 들어가고 싶어 했다. 섬에 들어올 때 스노클링 장비를 빌려주었는데, 분실할 경우 50달러를 내야 했다.

"나는 별로 들어가고 싶지 않으니까, 당신 혼자 다녀와."

"그래도 괜찮겠어?"

"그럼. 바로 앞이잖아. 나는 짐 지키고 있을게. 대신 스노클링 장

수심이 얕아 스노클링을 즐기기 좋은 낭유안 섬 해변

비 쓰고 잘 챙겨놔."

"응. 알았어."

남편은 스노클링 장비를 챙겨 바닷가로 향했다. 스노클링하는 남편 모습을 지켜보는데 갑자기, '왠지 불안해. 이러다 스노클링 장비 잃어버리는 거 아닐까'라는 생각이 들었다. 여행자의 촉이 발동한 것이다. 스노클링을 마치고 온 남편에게 다시 한 번 말했다.

"스노클링 장비 잘 챙겨. 잃어버리면 50달러 내야 해."

"걱정 마. 내 옆에 잘 둘게."

자신감 넘치는 남편 말에 나도 그만 입을 다물었다. 어느덧 섬을 떠날 시간이 되었다. 깜박 잠든 남편을 깨워 부랴부랴 짐을 챙겼다. 서둘러 배를 타는 곳으로 갔다. 직원에게 스노클링 장비를 반납하려던 순간 남편이 말했다.

"어? 이상하다. 분명히 조금 전까지 있었는데……."

걱정하지 말라던 남편은 결국 스노클링 장비를 잃어버렸다. 그리고 우린 50달러를 직원에게 줘야만 했다. 설마 했던 일이 진짜 일어난 것이다. 10달러도 안될 듯한 스노클링 장비 값으로 50달러나 내다니. 지금 생각해도 어이없다. 불안한 느낌이 들었을 때 내가 장비를 챙겼다면 어땠을까. 여행자의 촉을 너무 가볍게 여겼나 보다.

_김유미

하늘 속으로 뛰어들다

바이런 베이, 호주

경비행기가 요란한 소리를 내며 하늘 위로 떠올랐다. 바깥 풍경이 땅에서 공중으로, 그리고 하얀 구름으로 바뀌어갈수록 내 얼굴도 새하얗게 질려갔다. 생전 처음으로 스카이다이빙이라는 것을 하러 가는 중이었다. 다이빙 장소는 호주의 바이런 베이. 골드 코스트에서 한 시간 거리에 있는 해변 도시다.

지상이 희미해질 무렵 목표했던 15,000피트 상공에 도착했다. 너무나도 하고 싶던 스카이다이빙인데 막상 밖을 내다보니 높이가 상상을 초월했다. 열려 있는 문밖에서 들어오는 바람 소리가 엄청나게 무서웠다. 내 앞의 사람들은 두려움과 설렘이 뒤섞인 소리를 지르며 하나둘씩 툭툭 떨어졌다. 내 순서가 다가오자 공포는 더욱 커졌다. 드디어 내 차례. 앞주머니에 새끼를 넣은 캥거루처럼 나와 엮인 스카이다이버가 나에게 물었다.

바이런 베이의 파란 하늘

"준비됐어?"

"아니!"

나의 대답은 들은 척도 하지 않고 스카이다이버는 하늘 속으로 냅다 뛰어들었다. 그의 힘에 이끌려 나도 덩달아 허공에 떠버렸다. 내 생에 이렇게나 생생히 살아 있단 느낌을 받았던 적 있나. 머리끝부터 발끝까지 아찔한 감각에 저릿했다. 발에 닿는 지지대가 마침내 사라졌을 때 공포와 해방감이 동시에 찾아왔다. 위로 상승하는 바람과 나를 땅으로 끌어내리는 힘이 부딪혀 얼굴이 아팠다. 뒤에서 나를 안고 뛰어내린 스카이다이버의 환호성과 내 고함 소리가 뒤섞였다.

사진을 찍어주기 위해 함께 뛰어내린 스카이다이버가 앞에서 손을 흔드는 것이 보였다. 어떻게 저 사람은 이 상황에서 태연할 수 있는지 부러울 뿐이었다. 그사이 나는 빠르게 가라앉았다. 지옥 같은 자유 낙하 시간 1분이 지나고 스카이다이버가 낙하산을 펼쳤다. '아, 살았다'라며 그제야 마음이 놓였다. 비로소 추락 중인 순간을 즐길 수 있었다. 바라만 보던 하늘을 온 감각으로 안아보았다.

하늘 위에서 바라본 바다는 미치도록 눈이 부셨다. 공포를 이긴 후 아름다운 풍경을 두 눈에 담고 있자니 내려가는 시간은 순식간이었다. 조그맣던 건물들이 빠르게 부풀어져갔다. 하늘 속으로 뛰어들며 두려웠던 게 언제였느냐는 듯 나는 땅과 가까워지는 걸 아쉬워하고 있었다. 그렇게 원래 있던 곳으로 착륙했다. _안소은

여행은 자신감

여행에서는 치밀한 계획보다 어떤 일이든 유연하게 받아들이는 패기가 더욱 도움이 될 때가 꽤 많다. 여행하다 보면 뜻밖의 상황을 자주 마주하는데, 무언가에 기꺼이 도전하지 않는다면 도저히 모면할 도리가 없는 경우가 대부분이니까.

괌은 내가 처음으로 직접 운전을 해본 해외여행지다. 가이드북을 쓰기 위한 취재 막바지에 혼자 있게 되었을 때였다. 한 식당에 갈 수 있는 가장 좋은 방법은 렌터카로 움직이는 것이었다. 그 편이 택시를 이용하는 것보다 비용 면에서나 시간 면에서나 훨씬 효율적이었다. 답은 정해져 있었거늘 운전에 영 자신이 없다는 게 유일한 문제였다.

어찌어찌 렌터카를 받았는데, 하필 나에게 배정된 건 대형 에스유브이SUV. 아무리 크게 심호흡을 반복해도 마음이 안 잡혔다. 괌에서 운전할 수도 있다는 생각에 몇 주간 동생에게 도로 연수를 받긴 했지만, 에스유브이는 또 다른 산이었다. 크기도 크고 높기도 높은데 한국에서 탔던 차와는 달리 후방 카메라도 없었다. 평소 쫄보에 유리 멘탈인 탓에 '길도 낯선데 사고라도 나면…….' 하는 생각에서부터 시작해 꼬리에 꼬리를 문 걱정들이 몰려왔다. 굳은 표정으로 오랫동안 망설이다 자포자기하는 심정으로 에라 모르겠다, 운전대를 잡았다.

과연 듣던 대로 괌의 널찍한 도로는 왕초보가 운전하기에도 수월했다. 현지인들은 클랙슨 한 번 울리지 않을 만큼 느긋하게 운전했다. 덩달아 마음이 편안해진 내가 '아 그래도 할 만하네'라며 방심할 때쯤 문제가 생겼다. 일방통행로에 반대로 들어가는 실수를 범했는데, 폭이 좁은 1차선이라 차를 돌릴 만한 곳이 차 한 대 겨우 들어갈 법한 건물 입구 뿐이었다. 건물 앞 대문은 닫혀 있었고 도로와 이어진 공간 양쪽에는 보행자의 안전을 위한 기둥이 세워져 있었다. 머리를 빠르게 굴려봤지만 결국 유일한 해결책은 그곳으로 후진해 들어가 차를 올바른 진입 방향으로 돌리는 것이었다.

운전이 익숙해진 지금이었다면 차를 후진으로 넣었다 빼는 것쯤은 전혀 문제가 되지 않았을 텐데, 아니 처음부터 그럴 일을 만들지 않았을 텐데. 첫 해외 운전이다 보니 그 순간만큼은 마치 엄청나게 큰 위기에 봉착한 것처럼 당황스러웠다. 후방 카메라도 없으니 각을 잘못 계산했다간 기둥에 차를 박을 수도, 차 한쪽 면을 긁을 수도 있었다. 불안감에 식은땀이 흘러내렸다. 설상가상으로 반대쪽에서 다른 차가 진입하려 하고 있었다. 더이상 물러설 곳이 없었다.

차창 밖으로 스치는 섬의 풍경

막다른 길에서는 소용없는 내비게이션

눈을 질끈 감고 온 감각에 신경을 곤두세운 채 폭풍 후진했다.

결과는 대성공! 그 큰 차가 기둥 사이로 쏙 들어갔다. 어디 하나 긁히지 않고. 눈물이 찔끔 날 정도로 안도했다. '내가 해냈구나'라며 그렇게 기쁠 수가 없었다.

4년 후 일본 오키나와에서 두 번째 해외 운전을 하게 됐다. 다행히 이번엔 혼자가 아닌 둘이었지만 일본은 운전자석과 도로 진행 방향이 한국과 반대라는 게 큰 걸림돌이었다. 한국에서 예약해둔 렌터카를 찾아 운전석에 앉자 괌에서 그랬듯 또다시 한숨부터 나왔다. 호기롭게 먼저 운전하겠다고 나섰으나 앞이 깜깜했다. 가이드북에 쓰여 있는 '오키나와에서 운전 시 주의 사항'을 몇 번이나 읽었지만 브레이크에서 발이 쉽게 떨어지지 않았다. 몇 시간 같은 몇 분이 흐른 뒤 친구의 응원으로 겨우 전진 기어를 넣었다.

"좌우가 반대, 좌우가 반대."

코너를 돌 때마다 우린 구호를 외치며 목적지로 향했다. 며칠간의 여행을 마치던 날, 우리는 무사히 렌터카를 반납했다. 과장 같겠지만 그때 느낀 성취감은 이루 말할 수 없다. 근 몇 년간 내 자신이 그렇게 기특했던 적이 없다고 느꼈을 정도니까.

안될 거 같다고 생각할수록 한없이 커져간 불안과 두려움. 그것은 어디에도 존재하지 않는, 스스로가 부풀린 허상이었다. 그러니까 나를 막은 건 놀랍게도 나 자신뿐이라는 사실을 깨닫고 나자 힘이 탁 풀렸다. 무엇이든 충분히 할 수 있는데, 왜 안된다고만 생각했을까. 그 이후 나는 가끔씩 대담할 때도 있는 쫄보로 발전했다. 여행의 순기능이란 자신감을 충전하는 것이 아닐까. _양슬아

디즈니와 함께 동심의 세계로

올랜도 디즈니월드, 미국

세상 설레는 발걸음으로 디즈니월드 매직 킹덤 입구에 들어섰다. 정면에는 신데렐라 성이 높다랗게 솟아 있었다. 눈앞에 실재하는 아름다운 성을 마주하니 동화 속 세상으로 떠나는 최면에 걸린 듯했다. 화려한 머리띠를 차고 다녀도, 공주 분장을 하고 다녀도, 그 누구도 이상하게 여기지 않는 세계로 들어섰다. 테마파크 입장과 동시에 유년 시절로 돌아간 듯 행복해졌다. 동심의 세계에서는 후덥지근한 날씨도 문제되지 않았다. 사소한 것에 리액션이 과해졌고, 평소였다면 신경도 쓰지 않았을 인형 탈을 보며 까르르 웃음이 터졌다.

꿈과 희망이 가득한 나라로 가기 위해서는 숙소부터 테마파크를 고르는 일, 놀이기구와 레스토랑을 예약하는 일 등 사전에 신경 써야 할 것들이 많다. 물론 그만큼 금전도 많이 필요하다. 그럼에도

올랜도 디즈니월드의 신데렐라 성

테마파크 안은 남녀노소와 인종을 가리지 않고 인파로 가득했다. 디즈니를 사랑하는 사람, 아이들에게 신나는 경험을 선사하고픈 사람, 혹은 우리처럼 단순히 테마파크를 즐기고 싶은 사람 등. 저마다 다른 사연을 안고 꽤 비싼 값을 치른 후 들어온 동심의 세계. 디즈니월드는 그렇게 모인 사람들 마음을 잘 안다는 듯 환상의 세계로 인도했다.

밤이면 모습을 달리하는
신데렐라 성

디즈니월드의 대표 테마파크, 매직 킹덤의 하이라이트는 저녁 아홉 시에 시작하는 불꽃놀이다. 사람들은 저마다 명당 자리를 차지하기 위해 두 시간 전부터 불꽃놀이가 펼쳐지는 신데렐라 성 앞을 지키고 있다. 시간이 가까워지자 수많은 사람들이 성을 둘러쌌고, 곧이어 조명이 켜졌다. 그러자 신기하게도 테마파크의 건축물 중 하나였던 신데렐라 성이 평면 화면으로 바뀌었다.

드디어 축제가 시작되었다. 화면은 배경 음악이 담긴 디즈니 명작들을 보여주며 관중의 향수를 자극했다. 어린 시절, 〈디즈니 만화 동산〉이 방영되는 일요일 오전을 얼마나 기다렸던가. 시시각각 바뀌는 노래, 그리고 애니메이션 화면과 더불어 그 뒤로 부채처럼 펼쳐지는 다채로운 색의 불꽃들은 방문객들에게 환상의 끝을 보여주었다. 곳곳에서 감탄의 환호성이 터졌다. 축제의 마지막 순간이 다가올수록 불꽃은 더욱 화려하게 타올랐다. 음악이 끝나자 불꽃은 가라앉았고, 평면의 성은 다시 입체적인 건물로 돌아왔다. 동시에 나도 꿈에서 깨어났다. 디즈니의 마법은 과연 대단했다. _안소은

루앙프라방의 밤거리

아찔한 밤의 기억

루앙프라방, 라오스

라오스 루앙프라방에 출장 갔을 때의 일이다. 포토그래퍼 언니, 함께 여행한 독자, 그리고 나. 세 여인은 마사지를 신나게 받은 후 시내에서 조금 떨어진 리조트로 돌아가기 위해 뚝뚝을 잡았다. 해가 졌는데도 가격을 많이 깎고 싶어 욕심을 부리다가, 한참 만에 어렵사리 뚝뚝을 탈 수 있었다. 청년이 운전하는 뚝뚝을 타고 우리는 캄캄한 길을 달리기 시작했다.

그런데 뚝뚝이 점점 느려지더니 갑자기 멈췄다. 운전하는 청년은 가타부타 말이 없었다. 그는 심각한 표정으로 전화를 하기 시작했고, 그 순간 언덕 너머에서 오토바이를 탄 라오스 젊은 남녀들이 우르르 몰려왔다. 그들은 알 수 없는 언어로 떠들었다. 마침 앞에 있던 주유소에서 개 짖는 소리가 들렸다. 우리는 불안감에 휩싸였다. 여기에서 납치를 당하면 아무도 모르겠다 싶었다. '지금 내려야

되나? 도망 가야 해?'라며 온갖 경우의 수를 헤아렸지만 뾰족한 수가 떠오르지 않았다. 긴 전화 통화를 마친 운전사 청년은 겁에 질린 우리에게 드디어 말했다. 뚝뚝이 고장 나서 급하게 다른 오토바이를 섭외했다고. 진작 이야기 좀 해주지! 영어를 잘 못하는 운전사라 미리 설명하지 못했고, 우리는 덜덜 떨며 공포의 10분을 보냈던 것이다.

도착한 오토바이는 단 한 대뿐. 운전자 앞에 한 명, 운전자 뒤에 두 명. 네 명이나 탄 오토바이가 탈탈탈탈 달리기 시작했다. '다행이다 살았구나.' 안도의 한숨을 내쉬었다. 오토바이에서 떨어지지 않으려고 앞뒤로 몸을 밀착하고 필사적으로 엉덩이를 붙였다. 무심결에 밤하늘을 올려다 보니 셀 수 없이 많은 별이 반짝이고 있었다. 이 와중에 별은 왜 이리 총총한가. 황홀했지만 고개를 들어 하늘을 감상할 여력이 없었다. 어둠 속에서 위기를 겪고 무사히 숙소로 도착한 여자 셋은 그제야 깔깔깔 웃으며 가슴을 쓸어내렸다.

루앙프라방의 그 캄캄한 밤, 오토바이 위에 끼인 채로 무수한 별을 맞닥뜨린 그 장면은 종종 어제 일처럼 선명하게 떠오른다. 그때 좀 더 봐둘 걸 그랬다. 그날의 아름다운 밤하늘을 이렇게나 잊지 못할 줄 알았다면 말이다. 루앙프라방은 내게 그래서, 언제나 그리움이다. 반드시 다시 만나고픈 밤이다. _김영미

여행자들의 이동 수단 뚝뚝이

새벽 공항에서

문득, 홀로 떠났던 내 생애 첫 여행의 몇 장면이 떠오른다. 으스스한 바람이 부는 컴컴한 새벽, 불이 환하게 켜진 거인 같은 공항, 이륙 시간을 알리는 낯선 언어, 한껏 들뜬 준비를 마친 마음 한구석을 꾹 눌러주는 묵직한 여행 가방……. 그 안에는 부모님의 반대를 무릅쓰고 인도로 가고야 말겠다며 고집 부리던, 철없던 스무 살의 내가 있다. 못 말리는 딸의 고집에 못 이겨 공항까지 데려다준 아버지는 끝내 화를 내며 뒤돌아섰고, 홀로 남아 울먹이던 내 앞에 난생처음 보는 공항이 위용을 드러냈다.

어둠이 가시지 않은 12월의 새벽, 선택의 여지가 없던 나는 조금 무서워 보이는 공항 안으로 터벅터벅 걸어 들어갔다. 알파벳과 숫자가 크게 쓰인 수많은 창구들, 무엇을 기다리는지 멍하니 앉아 있는 사람들. 그 안에서 나는 누구도 가르쳐주지 않았지만 혼자 입국

수속을 밟았다. 그러고는 혹여 누가 건드릴세라 배낭을 품에 꼭 끌어안고 그렇게 앉아 있었다. 불안하고, 막연하고, 가슴이 터질 것 같았다.

살다 보면, 인생의 육중한 문 하나를 열어젖히는 그런 순간이 있다. 내게는 그때가 바로 그랬다. 그렇게 떠난 인도에서 나는 평생 함께할 친구들을 만났고, 단 한 번도 경험해보지 못한 자유의 참맛을 알았으며, 내가 진짜 사랑하는 것이 무엇인지 배웠다. 그 행복을 알고서야 어두운 공항에서 혼자 보냈던 외롭고 무거운 시간, 떠나기 전의 불안함과 두려움이 얼마나 큰 가치를 지니는지 깨달았다. 그다음부터였을까. 인생의 어려운 고비마다 나는 캄캄한 새벽의 인천 공항을 떠올리곤 한다. 이 고비만 넘기면, 저 육중한 문을 열어젖히기만 하면 다음은 마냥 환할 거라고. 그럼, 얼른 그 문을 열고 싶어 안달이 난다.

세상엔 빛과 어둠이 있기 마련이라는 것을, 이미 어른이 되어버린 우리는 잘 알고 있지 않은가. 환한 빛 속에서 얻은 용기와 에너지가 어두운 시기를 버텨나갈 인내와 근성으로 치환된다는 것도. 그러니까 우리는 괜찮을 것이다. 우린 다시 여행하게 될 것이다. _홍아미

경유를 위해 머물렀던 네덜란드 스키폴 공항

밤의 인천 공항에서

론강의 아비뇽 다리와 멀리 보이는 교황청

시카고 링컨 파크

chapter 4

보통 여행자의 여행법

바르셀로나 고딕 지구 풍경

모순적 자아의 서른 맞이 여행 정산

모순적 자아

집순이이자 심각한 귀차니스트이지만 여행을 좋아한다. 매분 매초 수없이 쏟아지는 각종 콘텐츠에 피로해도 누군가의 기억에 남을 만한 콘텐츠를 만들고 싶다. 타인의 시선을 의식하는 건 세상 쓸데없는 짓이라 생각하면서 자주 타인의 칭찬이 고프다. 누구나 감탄할 만한 능력이 없다면 솔직하기라도 해야 한다 싶지만 남 앞에선 있는 것 없는 것 긁어모아 나를 꾸민다. 돈이 없으면 없는 대로 아끼며 살 수 있을 거라 착각하는데 소비가 곧 경험이라 믿는 타입이라 돈을 많이 벌고 싶다. 이만하면 세상과 타협할 때도 됐다며 몇 번이고 다짐하지만 불합리한 것은 견디지 못하고 불평을 늘어놓는다. 시작이 반이라며 남은 곧잘 격려하면서 정작 스스로에겐 시작이 가장 중요하다며, 충분한 명분과 조건을 갖출 때까지 시작을 미루고 또 미룬다. 그 밖에도 내 안에 존재하는 수많은 나에 관해 나열하자면 끝이 없다.

첫 유럽 배낭여행

여행에 그다지 흥미 없던 대학생 시절, 친구들과 이야기 끝에 남들 모두 한 번쯤은 간다는 '유럽 배낭여행'을 충동적으로 떠나게 되었다. 우리는 계획을 짜기 위해 당장 싸이월드 카페를 개설했다. 회원 수가 달랑 네 명인 유럽 배낭여행 카페에는 한참이나 게시물이 올라오지 않았다. 출발이 얼마 남지 않은 시점에서야 새 게시물 알림이 울리기 시작했다. 주로 각자가 찾은 유럽 3성급 호텔이었다.

인연이 많은 도시,
파리

세계 각국의 배낭여행자가 모여드는 호스텔, 그것도 남녀가 한 방에서 묵는 도미토리는 부담스러웠다. 우리는 가격이 합리적이면서(싸면서) 깔끔하고(더럽지는 않고) 널찍한(4인이 발 뻗고 누울 만한) 호텔 방을 찾아내는 데 기어코 성공했다. 이후의 일은 두꺼운 가이드북에 맡긴 채 첫 목적지인 런던행 비행기에 올랐다. 런던에서 시작해 파리, 바르셀로나, 로마, 베네치아, 피렌체를 거쳐 암스테르담에서 끝나는 여정은 다이내믹했다. 2주간 5개국 7개 도시를 돈다는 무모한 계획만큼이나 다양한 추억을 남긴 첫 유럽 배낭여행은 나름 성공적이었다.

서른 맞이 여행 정산

그 이후 자의 반 타의 반 여행할 기회가 운 좋게도 여러 번 주어졌다. 여행 기자를 직업으로 삼아 해외에 다니게 되면서는 '가장 기억에 남는 여행지가 어딘지' 답해야 할 때가 많았다. 하지만 나는 매번 꿀 먹은 벙어리가 될 수밖에 없었다. 정말이지 거의 모든 여행지, 모든 여행이 우열을 가릴 수 없을 만큼 좋았으니까. 오랫동안 깨닫지 못했을 뿐, 뜻밖에도 나는 여행이 적성인 사람이었던 것이다. 어느 순간 여행은 내 인생의 치트 키가 되어 있었다.

2020년 현재, 우리에게 여행은 언제 되찾을지 모르는 과거의 영

광으로 남을 위기에 처했다. 영원할 줄 알았던 자유는 순식간에 그리운 신기루가 되었다. 무엇보다 일상의 회복이 간절한 이때, 여행을 그리워하는 일은 사치일지도 모른다. 그럼에도 불구하고 지난 여행을 정산하려는 이유는 무엇일까. 경험주의자로서 모든 경험은 겪을 때보다 돌이켜 보았을 때 그 의미가 명확해진다는 걸 알기 때문이다. 떠나지 못하는 지금 주어진 시간을 보내며 당시엔 미처 깨닫지 못한 것들을 찬찬히 살펴보려 한다. 이 사적인 기록들이 하루에도 수백 번 감정의 롤러코스터를 타는 모순 덩어리인 나와, 다른 누군가에게도 안도감을 주길 감히 바라본다. 우리에겐 몇 번이고 떠났다 돌아온 강인한 용기와 추억이 아직 많이 남아 있으니까. _양슬아

어쩌면 쓸모 있을, 지도

첫 유럽 배낭여행은 왁자지껄, 좌충우돌, 우왕좌왕의 연속이었다. 가이드북, 관광 안내소에서 받은 무료 지도, 간이 약도 등에 의지해 낯설기만 한 유럽 거리를 참 많이도 헤맸다. 오래전부터 '지리'라는 말만 들어도 치를 떨던 나는 동서남북 구별조차 포기한 길치였다. 무조건 길 잘 찾는 친구 뒤를 졸졸 쫓아다녔다. 혹여 친구가 힘들까 봐 내가 앞장설 경우엔 목적지의 반대로 가기 일쑤였다. 근거 없는 자신감에 '이쪽이 확실하다'고 우겨봐도 맞을 리가 없었다.

다행히 헤매는 게 전혀 무의미한 일은 아니었다. 잘못 든 길에서 우연히 마주한 풍경이 '인생 숏'의 배경이 되기도 했고, 단번에 쉽게 찾아간 장소보다는 어렵게 돌아간 장소가 더 인상적으로 느껴지기도 했다.

무척 옛날 일 같지만 불과 10년 전만 해도 종이 지도를 사용했

덴마크 코펜하겐 시내로 향하는 메트로 안

다. 그때는 여행의 방식 자체가 지금과는 완전히 달랐다. 여행지에 도착하면 가장 먼저 관광 안내소에 들러 무료 지도를 받았다. 직원에게 내가 예약한 숙소까지 가는 방법을 안내받고 나서는 추가로 그가 평소에 즐겨 찾는 장소들을 꼭 묻곤 했다. 그뿐만 아니라 여행 중 만난 사람에게서 가볼 만한 곳을 추천받았다. 거기에 가이드북과 현지 신문이나 잡지 등에서 본 장소까지 지도 위에 표시하면 나만의 보물 지도가 완성되었다. 여행을 마친 후에는 그렇게 완성된 지도를 기념품으로 간직하다가 같은 여행지에 간다는 친구에게 선물로 건네기도 했다. 미리 내려받기만 하면 오프라인에서도 간편하게 사용할 수 있는 구글 맵이 있는 요즘엔 상상하기 어려운 일이지만, 당시엔 다른 방법이 없었다.

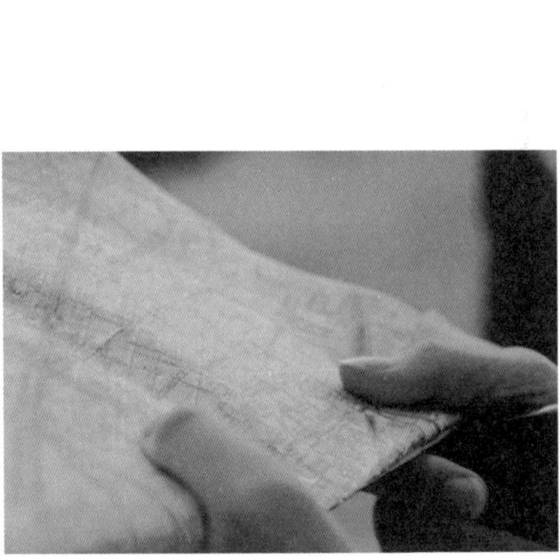

여행 시작부터 끝까지 들고 다녔던 종이 지도

포르투갈 리스본에서 마음에 쏙 드는 호스텔에 묵은 적 있다. 이국적이고 깔끔한 인테리어와 편리한 시설에 착한 가격까지 흠잡을 데가 전혀 없었다. 늘 그랬듯 짐을 풀고 나서 프런트 직원에게 단골집 몇 곳을 물었다. 그는 지도 위에 자주 가는 식당, 서점, 문구점 등을 손수 표시해주며 가는 법까지 자세하게 설명했다. 오로지 그의 말만 믿고 찾아간 식당에선 수십 년간 같은 자리를 지켜온 할아버지 셰프의 손맛을 제대로 느낄 수 있었다. 대표 메뉴인 문어와 대구 요리에서 관록이 묻어났다. 모양새는 투박했지만, 그 안에는 깊은 풍미가 배어 있었다. 몇 년이 지난 지금도 리스본을 떠올리면 그 식당의 분위기와 그때 먹었던 요리가 생생하게 그려진다. 호스텔 직원이 가르쳐주지 않았다면 없었을 경험이다.

목적지를 찾느라 지도를 들고 서 있다 보면 먼저 다가와 도움을 주는 친절한 현지인도 만날 수 있었다. 덴마크 코펜하겐 역시 혼자 찾은 여행지였다. 저녁 무렵 도착한 공항에서 메트로를 타고 예약해둔 시내 숙소로 가려던 참이었다. 하필 장대비가 쏟아졌다. 공항에서 지도를 받으며 들었던 대로 숙소에서 가장 가까운 역에 내리긴 했는데 그다음이 문제였다. 가뜩이나 길치라서 길을 찾기 힘든 와중에 굵은 빗방울이 우산 안으로 들이쳐 지도가 자꾸 축축하게 젖었다. 깜깜한 거리에는 인적도 드물었다. 이대로 노숙을 하게 될

코펜하겐 니하운의 전형적 풍경

지도 모르겠다는 자포자기 심정으로 눈물이 왈칵 쏟아지려던 찰나, 등 뒤에서 인기척이 들렸다.

뒤를 돌아보니 한 커플이 내게 도움의 손길을 내밀고 있었다. 자초지종을 듣고 난 그들은 지도를 보고도 잘 모르겠다며 직접 숙소에 전화를 걸어 가는 방법을 물었다. 그러고는 내가 길치 중의 길치임을 직감했는지 데려다줄 테니 따라오라고 했다. 그렇게 도착한 숙소는 생각보다 가까웠지만, 스스로는 절대 찾을 수 없었다는 것을 나는 알았다. 숙소 앞에서 괜찮다는 그들에게 몇 번이나 고개를 숙여 감사 인사를 전했다.

이토록 다정한 친절을 베풀어준 이가 있는 도시는 잊혀지지 않는 곳이 되었다. 그리고 언젠가 꼭 다시 방문하겠다는 야심 찬 포부를 품게 했다. 반면 스마트폰과 구글 맵 덕분에 헤매는 일이 줄어든 요즘은 현지인과 자연스럽게 교류할 기회가 줄었다. 길 찾기부터 장소 추천까지 알아서 해주는 똑똑한 애플리케이션이 손안에 있는데 굳이 타인에게 물어볼 필요가 있을까. 외국어가 서툴고 숫기도 없는 내가 모르는 사람에게 당당하게 말을 걸 수 있던 용기, 생각지도 못한 풍경을 마주할 수 있던 여행자로서의 특권을 잃은 것만 같아 못내 아쉽다. 나는 앞으로도 오랫동안 종이 지도를 떠올릴 듯하다. _양슬아

포르투갈 리스본 호스텔
직원이 추천해준 맛집

우린 다시
여행하게 될 거야

좋은 것엔 이유가 없어

베트남

제일 좋아하는 나라가 어디예요? 여행 작가들이 가장 자주 듣는 질문 중 하나다. 첫 배낭여행지였던 인도는 태어나서 가장 행복한 순간을 선사해줬던 곳이고, 남편과 처음으로 장기 배낭여행을 했던 터키는 거의 모든 면에서 완벽한 여행지였다. 이국적이다 못해 다른 행성처럼 아름다운 풍경, 친절한 사람들, 마치 우릴 따라다니는 듯했던 행운.

남미는 또 어떤가. 땅도 넓고 할 것도 너무 많아 가장 오랜 시간을 보낸 아르헨티나는 약 천 가지쯤 되는 매력 포인트를 지닌 여행지였다. 탱고의 멋스러움이 흘러넘치는 부에노스아이레스, 안데스 산맥의 대자연을 눈앞에서 만날 수 있던 빙하 트레킹, 엄청난 규모에 할 말을 잃었던 이구아수 폭포 등. 볼리비아의 우유니 사막과 티티카카호는 지금까지도 내게 최고의 풍경이다. 페루의 아름다운 수도 쿠스코와 마추픽추는 또 어떻고. 좋았던 여행지를 훑는 것만으로도 나는 사흘 밤낮을 이야기할 수 있다.

그럼에도 불구하고 굳이 한 곳만 꼽으라면, 나는 언제부턴가 베트남을 이야기하곤 한다. 베트남은 나름대로의 개성과 고유의 역사를 지닌 나라지만, 여행지로서는 좀 어중간한 것이 사실이다. 대국은 아닌데 그렇다고 작은 나라도 아니고. 동남아 국가들과 비교하면 그렇게 가난한 나라도 아니다. 동남아 사람들의 특성을 베트남인들에게서도 찾아볼 수 있지만, 때로는 엄청난 승부 근성과 부지런함으로 한국인과 가장 비슷한 국민성을 지녔다는 평가를 받기도 한다. 최근에는 거대한 상업 자본이 들어가 관광지와 휴양지 개발 붐이 일었다. '빈 그룹'과 같은 대기업이 땅을 사들여 대대적으로 공사를 한 다음 비싸게 표를 팔아먹고 있는 걸 보면, 딱 우리나라 같기도.

그런 모습들이 어색하거나 불편하지 않다. 여행지에서 뭘 기대하느냐에 따라 달라질 테지만, 적당한 돈을 갖고 있다면 누릴 수 있는 편리함과 즐길거리를 베트남은 모두 갖추고 있기 때문이다. 반면 일본과 유럽 같은 선진국은 '이미 완벽한 관광지를 구축해놓았으니 우리가 정한 바운더리 안에서만 머물다 가시오'라고 말하는 듯하다. 10년이 흘러도, 100년이 흘러도 오래된 카페는 그 자리에

스카이라이트 루프트 탑에서 내려다보이는 나트랑 전경, 베트남

그대로 머물러 있고, 이는 여행자에게도 묘한 향수가 된다. 그런 여행지 또한 정말 매력적이라는 것을 알고, 한 꺼풀만 벗겨보면 그 안에도 진짜 삶이 숨 쉬고 있다는 것을 안다.

그런데 베트남에는 그 '한 꺼풀'이 없다. 특유의 자연스러움이 나를 편안하게 한다. 보여주기 위한 관광지만이 아니라 그 안에서 먹고사는 사람들 모습을 볼 수 있어서 좋다. 여행지를 구경하는 데서 끝나는 게 아니라 먹고, 놀고, 경험하고, 즐기면서 진짜 여행을 하는 게 가능하다는 이야기다.

열심히 먹고사는 사람들의 활기가 느껴지는 도시. 시장은 관광객이 아니라 현지인으로 늘 북적이고, 새로운 문화와 유행이 끊임없이 유입되고 흘러간다. 축복받았다고 말할 수밖에 없는 아름다운 베트남의 자연을 사랑한다. 온화한 날씨, 맛있는 음식, 저렴한 값어치가 미안할 정도로 놀거리, 즐길거리가 풍성한 것도 마음에 쏙 든다. 때로는 호전적이지만 대개는 외부인들에 대해 개방적이고 친화적인 태도를 견지하고 있는 현지인들의 문화도 참 좋다.

사실 여행지로서 베트남의 단점을 꼽으라면 열 개도 넘게 댈 수 있다. 엄청난 소음과 매연으로 가득한 거리, 8차선 도로 어디에도 신호등이 없어 무단 횡단을 해야 하는 불편함, 환경 따위 생각하지 않고 관광객들을 있는 대로 받아 엉망이 된 자연 유산들. 그러나 그래도 괜찮다. 사람 사는 곳이 어떻게 완벽할 수 있나. 인간은 실수를 하기 마련이고, 나와 내 가족이 먹고사는 게 세상에서 가장 중요한 법이니까.

글을 쓰다 보니 스스로 모순이 느껴져 웃음이 난다. 그래, 좋아하는 데 무슨 이유가 있나. 나는 그냥 베트남이 좋다. 다시 여행할 수 있게 되면 제일 먼저 가고 싶은 곳. 아, 바로 지금 복작복작한 베트남 시장통의 쌀국수 한 그릇이 간절히 그립다. _홍아미

베트남 호이안의 올드 타운 거리

여행의 소소한 즐거움을 책임지는 편의점, 일본 오키나와

다녀온 여행지에 또 가는 이유

'가본 적 없는 여행지를 간다 vs 좋았던 여행지에 또 간다.'

휴가가 생긴 당신, 어느 쪽을 택할 것인가. 나는 몇 년째 후자를 택하고 있다. 여행을 간다고 하면 친구들은 어딜 가느냐는 질문 대신 "또 오키나와 가? 아니면 태국?"이라고 묻는다. 자존심 상하지만 맞는 말이므로 조용히 고개를 끄덕인다.

여행 스타일을 바꿔야 하나, 조바심이 난 적도 있다. 한 살이라도 젊을 때 지구를 한 발짝이라도 더 걸어보는 게 좋지 않을까, 혹은 낯선 세계에 도전하지 못하는 겁쟁이가 되어버리면 어쩌지 하는 걱정이 일었다. 그러다가 오키나와 게스트 하우스에서 만난 여행자와 이야기를 했는데, 오키나와만 다섯 번째라고 하니 "주연 상은 리피터Repeater네요"라고 하는 것이 아닌가. 그간 갖고 있던 불안이 씻겨지는 기분이었다. '리피터'라는 단어가 있을 정도면 나 같은 여행자가 많다는 뜻일 테니까.

나처럼 한 장소를 여러 번 여행하는 '리피터족'들은 공감할 것이다. 공항을 나서면 피식피식 웃음부터 나온다. 꿈에 나올 정도로 그리웠던, 익숙한 풍경이 나를 맞이하고 있다. 오랫동안 떨어져 있던 연인을 만난 것처럼 가슴이 뛰기 시작한다. 잠시 눈을 감고 이곳의 냄새를 맡고 익숙한 언어에 귀 기울인다. 공항에서 시내까지 어떻게 가는지 찾을 필요도 없다. 아는 길이니까. 도착한 날 무엇을 할지는 정해져 있다. 먹고 싶던 음식, 다시 가고 싶던 카페에 간다. 음식을 입에 넣으며 안도한다. 그래, 이 맛이야. 고향에 돌아온 듯 마음이 온전히 풀어지는 것을 느낀다.

낯선 여행지를 알기 위해 부지런히 걷고 탐색하는 과정을 거칠 필요도 없다. 그저 내가 좋아하는 곳에서 시간을 보낸다. 곳곳에서 마주치는 지난 여행의 기억에 웃는다. 어렵게 찾아간 맛집이 문을 닫아 눈에 띄는 아무 가게에 들어갔는데 뜻밖의 맛집이라 눈이 동그래졌던 날, 태풍이 와서 돌아가는 비행기가 결항이 돼 발을 동동 구르며 카페에 앉아 있던 날들. 나의 추억을 묻은 곳이 그대로 있구나, 또다시 안도한다. 그래서 나는 올해도, 내년에도 또 같은 곳으로 여행을 떠날 것이다. 비일상적이면서도 익숙한 장소가 주는 포근함을 찾아서. _양주연

풀문 파티를 즐기러 갔다가 발견한 조용한 해변, 태국 코팡안

결항으로 발이 묶일 때마다
자연스럽게 향하던
오키나와의 T & M 커피

20만 원으로 단 하루를 살 수 있다면

내가 여행에서 가장 중요하게 생각하는 부분은 숙소다. 어느 정도로 중요하느냐면 숙소를 정하고 갈 나라를 정하는 식이다. '여행 가고 싶다'는 생각이 들면 나는 비행기표를 찾는 대신 숙소 사이트에 들어간다. 뒤지고 뒤진 끝에 마음에 쏙 드는 숙소를 발견했다? 숙박 가능한 날짜에 맞춰 비행기표를 검색해보는 것이다. 치앙마이에서 묵었던 숙소 주인과 이에 대해 크게 공감한 적 있다. 그 사람도 여행을 숙소에 맞춰 계획하는 편이었다. 무엇을 볼까, 무엇을 먹을까는 별로 중요하지 않다. 어차피 숙소 안에만 있을 거고 먹거리가 마땅치 않으면 요리해 먹으면 되니까. 그의 숙소 위시 리스트와 내 목록 중 절반이 겹쳐서 빵 터졌다. 그에게 추천받은 베트남 달랏에 있는 숙소 역시 완벽히 내 취향이어서 조만간 달랏을 가겠노라 다짐했다.

(위) 문을 열면 해변으로 이어지던 리조트, 태국 코팡안
(아래) 바다가 보이는 가성비 좋은 숙소, 중국 칭다오

좋아하는 숙소를 모아놓고 보니 일관된 취향이 있었다. 방이 아닌 집의 형태일 것. 시끌벅적한 도심보다는 한적한 자연 속에 있을 것. 유리창 너머로 산이나 바다를 볼 수 있을 것. 독립된 테라스가 있을 것. 짙은 톤의 나무 인테리어, 특히 목재 가구로 된 부엌이 있으면 덮어놓고 좋다.

마음에 쏙 드는 숙소를 고르고 나서 하는 일이라곤 별것 없다. 머무는 동안 먹을 식재료를 사서 냉장고를 채우고 요리를 한다. 아침에는 집 주변을 산책하거나 가볍게 뛴다. 평소에 여유가 생기면 해야지, 하고 미뤄두었던 작업들을 한다. 예를 들면 읽고 싶었던 책을 읽거나 구상만 해두었던 글을 쓴다든가. 테라스에 햇볕을 쬐며 앉아(손에 오렌지주스가 들려 있으면 더 완벽하다) '아, 좋다'라고 말할 때 행복감이 잔뜩 차오른다. 이 집에서 매일 이런 일상을 맞아온 듯한 착각마저 든다. 알고 있다. 나는 지금 환상 속에 살고 있다는 것. 가냘픈 일상은 체크아웃 시간이 되면 매정하게 끝날 것이다.

소설가 모파상이 말했던가.

"여행은 현실을 나와서 꿈처럼 보이는 다른 현실을 파고들어 가는 것이다."

나는 20여 만 원의 숙박비를 내고 내가 꿈꾸는, 어쩌면 내게 가능할지도 모를 다른 삶을 산다. _양주연

최악의 여행을 만드는 세 가지 방법

재미없는 여행도 존재한다. 우리는 이 사실을 인정해야 한다. 시간을 내 비용을 지불하고 기분 좋게 출발한 여행이라도 지루할 수 있다. 생애 한 번쯤은 더럽게 재미없는 여행을 해보고 싶은 분들을 위해 돈과 시간이 아까운 여행을 만드는 방법을 소개한다.

첫째, 떠나지 않아도 될 때 떠난다. 여행이 언제나 필요한 건 아니다. 딱히 리프레시가 필요하지 않은 시기에 굳이 여행을 떠나보자. 기대가 반감되어 흥미가 확 떨어질 수 있다. 내 경우 2010년 쿠알라룸푸르 여행이 그러했다. 에어아시아가 인천-쿠알라룸푸르 노선에 신규 취항하며 진행한 특가 이벤트에서, 얼떨결에 4개월 후에 출발하는 쿠알라룸푸르행 초저가 티켓 예약에 성공해버렸다. 그사이에 나는 이직을 했다. 이직 후 한 달이 채 되지 않은 시점에 쿠알라룸푸르 여행을 떠나야 했다. 새 회사에 적응하느라 정신없

말라카 여행의 시작점인 네덜란드 광장, 말레이시아

바쁜 여행 중 받은 네일 아트와
페디큐어 덕분에 기분 업,
쿠알라룸푸르

어서 여행이 고프지 않은 시기였다.

둘째, 여행을 준비하지 않는다. 여행을 준비하면서부터 여행은 시작된다. 내가 가려는 도시가 어떤 이야기를 담고 있는지, 볼거리와 즐길거리는 무엇인지, 어떤 음식으로 하루 세 번 행복해질지, 차근차근 알아보며 여행의 밑그림을 그리는 것이다. 쿠알라룸푸르는 이미 한 번 방문했었고, 특별히 매력적이진 않았다. 그래서 두 번째 쿠알라룸푸르 여행을 앞두고 그 어떤 준비도 하지 않았다. 시간이 없어서 맛집이나 카페 검색조차 못했다. 그렇게 일정표를 텅 비운 채 흥미롭지 않은 그 도시에 도착했다.

셋째, 취향을 전혀 반영하지 않는다. 취향은 삶을 풍요롭게 해준다. 그러므로 여행 일정에는 반드시 취향이 반영되어야 한다. 커피를 좋아한다면 예쁜 카페에 꼭 들르고, 자전거 타기를 좋아한다면 낯선 도시에서의 라이딩을 즐겨보는 것. 그렇게 취향을 저격하는 것만으로도 여행 만족도는 한껏 올라간다. 하지만 쿠알라룸푸르 여행에 나는 그 어떤 취향도 담지 않았다. 하고 싶은 게 없으니 책이나 읽어야겠다고 생각했는데, 책을 챙겨가지 않는 거대한 실수를 저지르고 말았다. 오죽 할 일이 없었으면 한국어로 된 책을 구해보려고 한인타운에 가기도 했다. 쿠알라룸푸르에서 유일하게 즐거웠던 시간은 쇼핑몰 네일 숍에서 네일 아트와 페디큐어를 받을 때였다. 심지어 숙소도 별로였다. 여행 경비를 아끼려고 2박을 저렴한 숙소에 묵었더니 숙소가 주는 안락함도 느끼지 못했다. 여러모로 최악의 여행이었다.

그래도 쿠알라룸푸르 여행은 결국 의미가 있었다. 근교 도시인 말라카에서 마음에 쏙 드는 예쁜 카페를 발견했기 때문이다. 유럽 식민지 시대의 건축물이 어우러진 아기자기한 도시를 걸으며 기분 전환도 할 수 있었다. 마지막 밤은 쿠알라룸푸르의 고급 호텔에서 묵었다. 커다란 전면 유리창 너머로 공원이 내려다보이는 멋진 방이었다. 처음부터 이곳에 묵었더라면 호캉스라도 제대로 즐겼을 텐데. 흥미 없는 도시에서도 좋아하는 것을 즐기면 행복해진다는 당연한 사실을, 더럽게 재미없는 며칠을 보낸 뒤에야 알 수 있었다.

이상 최악의 여행을 만드는 방법이었다. 반대로 하면, 최고의 여행을 만들 수 있다. 여행이라는 처방이 꼭 필요할 때 취향을 담은 일정을 미리미리 준비해서 떠나는 것이다. 참 쉽다. _김영미

유네스코 문화유산으로 지정된 달트 빌라의 계단식 카페

누군가가 나를 평가한다면

호텔보다는 에어비앤비 숙소를 주로 이용한다. 체크아웃하는 날이면 호텔을 이용할 때보다 더 바쁘다. 짐 정리 외에 해야 하는 일이 하나 더 있기 때문이다. 침구를 가지런히 정리하고, 방에 있는 쓰레기를 주워 버린다. 화장실에 떨어진 머리카락을 치우고, 세면도구도 정리해둔다. 체크인했을 때만큼은 아니어도 최대한 깨끗하게 정리해놓는다. 돈 내고 머문 숙소인데, 왜 나는 이렇게까지 정리하고 나오는 걸까?

에어비앤비는 게스트와 호스트가 서로를 평가할 수 있다. 이것이 호텔과 다른 점이다. 호텔은 오직 손님만이 호텔의 서비스, 시설, 친절함 정도에 대해 평가할 수 있다. 반면 에어비앤비는 호스트도 게스트가 어떤 손님이었는지 평가할 수 있다. 더군다나 호스트와 한 공간에 머무는 개인실을 이용하는 경우라면 그들과 자연스럽게 교류할 수밖에 없다. 서로의 이름을 아는 것은 물론이고, 하루에 짧게는 몇 분, 길면 한 시간 이상 대화도 한다. 이런 그들에게 가급적이면 좋은 이미지로 남고 싶고, 좋은 게스트로 평가받고 싶다. '아름다운 사람은 떠난 자리도 아름답습니다'라는 낯익은 표어처럼 말이다.

시카고 여행 때도 에어비앤비에 머물렀다. 호스트는 메건이라는 젊은 여성이었는데, 혼자 살면서 남는 방 한 개를 에어비앤비로 운영했다. 메건과는 많은 대화를 나눌 수 없었다. 그녀는 아침 일찍 출근하고, 우리는 시카고 이곳저곳을 돌아다니다 밤늦게 들어갔기 때문이다. 그래도 메건은 우리가 머무르며 불편하지 않도록 신경을 썼다. 우리도 메건의 집과 물건들을 소중하게 다루려고 노력했다. 아침에 커피를 내려 마신 후에는 깨끗하게 제자리에 정리해 두었다. 생 라면에 스프를 뿌려 먹은 밤에는, 방바닥에 떨어진 스프 가루와 라면 부스러기를 싹 모아서 별도의 비닐봉투에 담아 버렸다. 어느덧 체크아웃하는 날이 되었다. 메건은 출근한 뒤라 우리 부부밖에 없었다. 짐을 싸고, 침대를 깨끗하게 정리하고, 방에 떨어진 쓰레기와 머리카락도 주웠다. 방을 나서기 전 다시 한 번 죽 둘러보았다. 이 정도면 깔끔하다 싶었다.

다음 날 메건이 우리에 대한 후기를 에어비앤비에 남겼다.

도심을 지나는 리버 크루즈 투어

시카고 랜드마크 밀레니엄 공원의
클라우드 게이트

"한국에서 온 '지'와 그의 아내는 대단히 좋은 게스트였습니다. 굉장히 예의 바르고, 밤늦게 체크인을 했지만 매우 조용히 들어왔습니다. 그들이 떠난 후 방은 매우 깨끗한 상태였습니다. 유령이 머물다 갔나 할 정도였습니다. 그들이 다시 나의 집에 온다면 언제라도 환영입니다."

중용과 대학에 보면 '신독'이라는 말이 나온다. 홀로 있을 때에도 도리에 어그러지는 일을 하지 않고 삼간다는 말이다. 즉, 혼자 있어도 다른 사람이 지켜볼 때와 같이 행동하라는 것이다. 말은 간단하지만 이를 지키기란 참 어렵다. 특히 익명성이 보장된다면 더욱 어렵다. 인간의 이런 심리를 알기에 에어비앤비는 게스트에 대한 평가 시스템을 만든 것이 아닐까. 물론 내 돈 내고 평가까지 받는 것이 불편하다는 생각이 들 수 있다. 그렇다면 호텔을 이용하면 된다. 나는 그 불편함에도 불구하고 앞으로도 자주 에어비앤비를 이용할 것 같다. 호텔에서 경험하지 못하는 것을 에어비앤비에서는 느낄 수 있기 때문이다. 다음 여행에서는 어떤 호스트 집에 머물며, 어떤 평가를 받을까. 그 여행이 벌써부터 기다려진다. _김유미

당연했던 것이 더 이상 당연하지 않을 때
아바나, 쿠바

인터넷이 원활하지 않은 곳에서 잘 적응하며 제대로 여행을 다닐 수 있을까? 그곳으로 떠나기 전까지 많은 걱정을 마음에 품고 있었다. 요즘 같은 세상에 스마트폰을 마음대로 쓸 수 없다는 것이 말이 되느냐고. 그런 말이 안 되는 곳으로 우리는 떠났고, 놀랍도록 빠르게 적응했다. 마치 처음부터 그곳에 살았던 듯 말이다.

내 인생에서 스마트폰을 사용한 기간은 고작 10년 남짓인데, 평생 스마트폰을 써왔던 듯 생각하고 행동한다. 분명 스마트폰이 없던 시절에도 여행을 다녔다. 종이 지도를 보며, 여행 책을 옆구리에 끼고 구석구석을 잘 찾아다녔다. 나의 몸은 그 경험들을 기억하고 있었다.

쿠바로 떠나기 전 가장 큰 걱정은 스마트폰을 편히 쓸 수가 없다는 것이었다. 무선 인터넷 환경이 워낙 열악하기에 데이터 로밍도

쿠바 혁명 광장의 체 게바라 조형물

할 필요가 없었다. 쿠바 여행을 다녀온 사람들의 후기를 보면 인터넷 사용이 불편한 것에 대해 호오가 갈렸다. 결국 이건 직접 부딪힐 수밖에 없는 문제였다.

서울을 떠난 지 거의 하루 만에 아바나에 도착했다. 새벽 한 시가 다 되어가는 시각, 택시를 타고 숙소로 향했다. 차창 밖을 바라보는데 신기한 광경이 눈에 들어왔다. 공원 같은 곳에 사람들이 옹기종기 앉아 무언가를 열심히 하고 있었다. 나중에 알고 보니 그렇게 사람들이 모여 있는 곳이 와이파이가 되는 곳이었다. 그런데 와이파이가 된다고 무조건 스마트폰이 연결되는 것도 아니었다. 와이파이를 쓰려면 카드처럼 생긴 30분 또는 한 시간짜리 이용권을 사야만 했다.

아바나 구시가지의 올드 카

도심 곳곳에서 볼 수 있는 밴드

"아무 때나 쓸 수 있도록 이용권은 충분히 사자."

"좋아. 중간중간 어디서 필요할지 모르니까 한 시간용으로 열 장 사올게."

와이파이 이용권을 두둑하게 사서 아바나 관광을 떠났다. 사실 아바나 시내를 돌아다닐 때는 인터넷 쓸 일이 거의 없었다. 지피에스GPS로 찾아갈 수 있는 지도를 미리 내려받았고, 대중교통을 탈 일도 거의 없었기 때문이다. 아바나 관광을 마치고 숙소에 왔을 때, 이용권은 채 한 장도 쓰지 않았다. 그다음 날도 마찬가지. 자연스럽게 스마트폰도 사진 찍을 때나 길을 찾을 때 외에는 찾지 않게 되었다. 식당에서 음식을 주문한 후 쓸데없이 스마트폰을 만지작거리는 일도 없어졌다. 대신 남편과 이야기를 나누거나 주변 풍경을 한 번 더 둘러보았다.

"스마트폰이 없으니까 여행에 더 집중하게 되는 것 같아."

"나도 그래. 그럼 우리 한국에 가서도 스마트폰 없이 살아볼까?"

"그건 쉽지 않겠지. 일단 스마트폰 보는 시간을 줄여보자."

스마트폰은 세상에 나온 지 약 10년 만에 우리의 삶에 너무나 많은 영향을 끼치게 되었다. 마치 공기처럼 없으면 안 되는 존재 같고, 내 손에 있는 것이 너무나 당연하게 느껴진다. 하지만 쿠바에서는 달랐다. 그곳에선 스마트폰 사용이 당연하지 않았다. 여행의 기적은 이때부터였다. 스마트폰을 멀리하기 시작하자 비로소 진짜 여행이 시작된 것이다. 스마트폰의 빈자리를 여행의 밀도로 채우게 되었다. _김유미

에버리지니가 알려준 비밀

카리지니, 호주

여행을 기억할 만한 '물질'을 집으로 가져오고 싶은 충동에 종종 휩싸인다. 나무늘보의 비릿한 털 냄새가 밴 아마존 정글의 나뭇잎, 하와이 빅 아일랜드의 초록 모래, 요세미티의 내 얼굴만 한 솔방울 같은 것을 볼 때마다 강렬한 소장 욕구가 치밀어 오르곤 했다. 누군가는 '그냥 가져오면 되지, 웬 호들갑이야?' 하겠지만 그런 것을 쉽게 집어들지 않게 된 계기가 있다. 서호주의 원시적인 국립공원 카리지니에 다녀온 후부터 그렇다.

카리지니는 호주에서 두 번째로 큰 국립 공원이다. 25억 년 전부터 형성된 철광층이 만든 장엄한 협곡으로 유명하다. 25억이라는 숫자가 실감이 안 나는 이를 위해 지질학 책의 묘사를 빌리겠다.

"황동위원소의 분별 효과를 통해 지구 역사를 유추해보면 대기에 산소가 고이기 시작한 건 약 24억 5천만 년 전이다. 카리지니의

붉은 암벽의 잔주름을 발에 끼워 넣고 아슬아슬하게 즐기는 산책

호상철광층(띠 모양을 나타내는 철광층)은 25억 년 전 지구 대륙과 대기, 생명체가 합주해 진화를 이룬 흔적이다."

그러니까 저 붉은 절벽의 첫 층이 쌓이기 전엔 지구상에 호흡하는 생명체가 없었다는 뜻이다. 숫자와 역사만큼이나 압도적인 풍광을 앞에 두고 필드 가이드 피터와 여정을 의논했다. 사흘 동안 아홉 개의 협곡 중 세 곳을 트레킹하기로 결정할 때까지 내 관심사는 오직 '어떻게 완주할 수 있을까'뿐이었다. 금방이라도 바스라질 듯한 크레바스를 곳곳에 품은 저 암벽을 이 하찮은 근력과 담력으로 무사히 오르내릴 수 있을까? 잠깐 한눈이라도 파는 날엔 악어 이빨 같은 저 철광석 무덤에 발목을 바쳐야 할 것 같은데…….

카리지니의 진짜 주인 붉은 도마뱀

카리지니 해머즐리 협곡의 스파 풀

두려움에 휩싸인 가련한 도시인의 표정을 읽은 피터가 다독이듯 조언을 건넸다.

"카리지니의 원주민 반지마족에게서 전해져오는 얘기가 있어요. 땅을 존중하라, 그러면 이 땅도 너를 돌볼 것이다Look after the country, and the country will look after you. 이곳은 에버리지니가 신성하게 여기는 땅입니다. 돌멩이 하나, 풀 한 포기에도 영혼이 있다고 믿거든요. 많은 관광객들이 카리지니의 암벽에서 떨어져 나온 돌 한 조각을 기념으로 갖고 싶어 해요. 독특하고 아름다운 무늬와 색, 억겁의 시간을 지나온 지구의 신성한 흔적이니까요. 이 말을 가볍게 듣지 말아요. 절대로 가져가면 안 됩니다."

사실 그 역시 한때 카리지니의 돌을 가져다 자기 숙소에 쌓아둔 적이 있단다. 그 뒤로 갑자기 차가 고장 나고 중요한 계약이 취소되는 등 불행한 일이 끊이지 않았다고.

"반지마족 친구에게 말했더니 당장 그 돌을 제자리에 갖다놓으라고 하더군요. 가져온 돌을 원위치시키고 나서야 꼬였던 일들이 풀리기 시작했어요. 만약 당신이 뭔가를 슬쩍 챙긴다면, 제자리에 돌려놓기 위해 이 먼 곳까지 다시 와야 할 겁니다."

피터를 통해 들은 에버리지니의 신념은 이렇다.

"이 땅에 속한 건 이 땅에 존재해야 한다."

그가 이 말을 해주지 않았다면 나는 붉고 날카로운 돌 조각 하나를 주머니에 슬쩍 집어넣을 궁리, 돌아가서 이 모험을 기념하고 자랑할 생각만 잔뜩 했을 것이다.

그 뒤로 모든 여행지에서 풀 한 포기, 모래 한 알도 욕심내지 않는다. 그저 트레킹화 밑창 틈에 낀 자갈이나 말똥 같은 것만으로 만족할 뿐. 굳이 기념하고 싶다면 사진 몇 장으로도 족하다. 데이터는 썩지도 않고, 자연을 망치지도 않으니까. _류진

호주 빅토리아 포트 캠벨 국립공원의
십이 사도 바위

영원한 1위가 없는 세계

"열흘의 휴가와 충분한 돈이 주어진다면 어디로 떠날 거예요?"

상상하는 것만으로도 행복해지는 이 질문에 대한 답은 지금껏 수십 차례 바뀌었다. 여행 기자 시절에는 무조건 방콕이었다. 훌륭한 호텔을 저렴한 가격에 이용하며, 삼시 세끼 맛있는 음식을 먹고, 1일 1마사지를 부담 없이 받을 수 있는 데다, 흥겨운 나이트 라이프까지 즐길 수 있으니 이보다 더 완벽한 여행지는 없었다.

이후에는 유럽이 대체로 1위를 차지했다. 다시 가고 싶은 유럽 도시가 한둘이 아니었다. 서른 살에 꼭 다시 만나자고 다짐했으나 아직 재회하지 못한 파리, 네 번째 여행은 신랑과 함께하고 싶은 프라하, 어마어마하게 예쁜 인생 바다를 만났던 이비사 섬 등은 두 번 세 번 여행해도 질리지 않을 것만 같다.

기왕이면 낯선 도시로 떠나고도 싶었다. '알프스의 진주'라 불리는 슬로베니아의 블레드에서 호수 전망 호텔에 묵어보기, 노르웨이 3대 트레킹 코스 중 하나인 프레이케스톨렌에 올라 피오르 감상하기, 포르투에서 마음에 쏙 드는 아줄레주 타일을 쇼핑하고 달콤한 포트 와인 마시기, 스위스 아델보덴 캠브리안 호텔 인피니티풀에서 눈 쌓인 알프스를 파노라마로 감상하며 힐링하기 등. 꿈꿔온 여행들을 경험하러 떠나는 거다.

요즘 1순위는 호주다. 지난 여행을 되돌아보니, 호주는 아이와 함께 여행하기에 무척 훌륭한 곳이었다. 대자연 속에서 마음껏 뛰어노는 것은 기본. 자연 친화적인 동물원에서 코알라와 캥거루를 만나고, 넬슨 베이에서 야생 돌고래를 관찰하고, 울룰루에서 캠핑을 하면서 두 눈으로 은하수를 감상하는 멋진 경험을 아이에게도 선물하고 싶다.

언제 휴가를 떠날지 모르기에 언제나 여행 버킷 리스트를 저장해둔다. 1년에 한 번씩 꿈꾸던 여행의 주인공이 되는 삶이라면 이보다 더 성공한 인생이 있을까 싶다. 영원한 1순위가 없는 세계, 여행을 꿈꾸는 건 그래서 즐겁다. 열흘의 휴가와 충분한 돈이 주어진다면 어디로 떠나볼까? _김영미

사막 한가운데에 위치한 울룰루에서 즐기는 캠핑

호주의 상징 코알라

해 질 녘 붉게 물드는 울룰루

울룰루의 밤하늘

미켈란젤로 언덕에서 바라본 피렌체 전경

작가의 말

김나영

이야기를 꾸리면서 여행의 기억을, 그때의 기록을 더듬어가며 지난 여행을 추억했다. 시절이 시절인 만큼 그저 추억으로 머물 수밖에 없다는 게 조금 서러울 뿐이다. 여행하는 즐거움을, 그때의 충만한 감정을 잊지 않기 위해 '#하루한장의여행'이라는 해시 태그를 만들었다. 하루 한 장 여행 사진을 올리며 지난 여행의 감상을 적는다. 다시, 여행할 수 있는 그 날까지 나는 여행이 나에게 가져다준, 그 무엇과도 바꿀 수 없는 행복감을 힘껏 반복해 떠올린다.

• 인스타그램 @city_collage_

김영미

여행길에서는 내가, 지금, 여기에서 행복해지기 위한 선택만을 합니다. 그 때문에, 여행을 사랑합니다. 멀리 떠나지 못하는 요즘에는 우리 동네, 우리 지역, 우리나라의 매력을 재발견하고 있습니다. 바다를 건너야만 멋진 여행이 아니라는 사실을 새삼 깨달습니다. 지금 이 순간의 작은 행복에 집중하는 하루하루를 보내기 위해 노력 중입니다. 오늘 이곳에서 작고 빛나는 행복을 차곡차곡 모아보려고 합니다. 여러분도 여행 같은 삶을 사시길 바랍니다.

• 인스타그램 @ym_1021

• 블로그 blog.naver.com/crazyviolet

김유미

작년 12월 베트남 여행 계획을 세웠다가 올해로 미루었다. 여행에 대한 선택권은 늘 우리에게 있었기에 언제든지 다시 떠날 수 있을 거라 여겼다. 지금의 상황은 전혀 예상하지 못한 채. 언제쯤 예전처럼 자유롭게 여행할 수 있을지 아무도 모른다. 그럼에도 분명한 건 시작이 있으면 끝이 있고, 우리는 다시 여행하게 될 거라는 것이다. 그 희망 덕분에 글을 쓰며 행복했다. 글을 읽는 독자분들도 함께 행복하시길 바라본다.

• 이메일 dul2dul2@naver.com

• 인스타그램 @Tolmang_life

류진

어떤 것을 보고 "와!" 할 수 있는 감성, 작은 자극에도 격렬히 반응하는 뇌세포가 소멸하기 전에 더 많이 싸돌아다녀야 하는데. 공룡 멸망 이후 인류사에서 최악의 재앙(으로 내게는 느껴진다)이 된 역병 탓에 국경은 막히고, 따뜻한 환대와 애정 어린 친절은 사라지고, 인간이 병균으로 취급받는 시대가 되었다. 슬프다. 어떤 이는 여행을 금기어로 취급하고, 매일 지난 여행의 꽁무니를 쫓는 내게 궁상 좀 그만 떨라고 비수를 던지는 이도 있지만 그리워하는 일을 멈출 생각은 없다. 냉소와 구박 속에서 꿋꿋이 희망을 갖는다. 바보 같아도, 촌스러워도.

- 이메일 flyryu@naver.com
- 인스타그램 @flyryu

박성혜

막차를 탔다. 코로나 19 바이러스가 기지개를 켤 즈음 출장을 떠났고 확진자 수가 매일 최고치를 경신할 즈음 귀국했다. 2월 말, 그때만 해도 이렇게 오래 비행기를 타지 못할 거라고는 꿈도 꾸지 못했다. 공들여 취재한 여행기가 담긴 책 출간도 깜깜무소식인 요즘, 소소한 일상에서 찾는 여행의 흔적이 오늘을 견디게 한다. 여행지에서 산 옷을 입고 그곳에서 사 온 소스로 요리한다. 아기자기한 소품 장식은 덤. 그렇게 한날 즐거움을 찾아보지만 현관에 붙여둔 여행 도시 마그넷은 몇 달째 그대로. 이 책을 함께 쓴 작가들의 추억을 엿보며 다시 찾아올 꿈같은 날을 꿈꿔본다. 기약 없는 여행일지라도 우린 잘 안다. 언젠가, 반드시 떠날 수 있을 거란 사실을.

• 인스타그램 @aloha_shp

안소은

여행하는 동안에는 사소한 것들로 행복해진다. 선선하게 부는 바람, 적당히 눈을 찌푸리게 만드는 햇빛, 낯선 길목, 고급 디저트보다 왠지 더 맛있는 거리의 아이스크림까지. 《우린 다시 여행하게 될 거야》라는 제목을 듣는 순간 여행이 안겨주었던 작은 행복들이 스쳐 지나갔다. 그리고 휴가 시즌이면 당연하다는 듯 여행지로 훌쩍 떠났던 순간을, 어디든 원하면 갈 수 있던 그때 그곳에서의 시간을 그렸다. "우린 다시 여행하게 될 거야. 다시 그 행복을 온전히 누리게 될 거야."

• 인스타그램 @traveling_soe

양슬아

여행을 잃고 나서야 비로소 내 '여행병'이 심각한 수준임을 자각했다. 여행을 못 해 생기를 잃고 시름시름 앓던 차에 여행 에세이에 참여하게 되었다. 가슴속에 고이 간직해둔 지난날의 여행을 한 자 한 자 써 내려가다 보니 여행이 더욱 애틋하게 느껴졌다. 이 책을 함께 쓴 다른 작가분들, 그리고 이 책을 선택한 독자분들의 마음도 아마 비슷하리라. 우리처럼 여행이 그리운 이들에게 이만큼 힘이 되는 말도 없을 것 같다. "우린 다시 여행하게 될 거야." 다시 여행할 그 날까지 부디 모두 안녕하기를!

• 이메일 yangtreee@gmail.com

양주연

요즘 저는 여행하지 않을 용기를 가지려고 노력합니다. 여행이 주는 비일상적인 즐거움 대신 요리, 출근 전 등산, 글쓰기 모임 등 지금 여기 일상에서 소소한 기쁨을 가꿔나가고 있습니다. 《우린 다시 여행하게 될 거야》를 쓰는 동안 다시 여행하는 기분이 들어 행복했습니다. 힘든 시기를 잘 견디고 있는 우리 모두가 이 책을 읽는 동안만큼은 여행하는 기분이 들었으면 좋겠습니다.

• 인스타그램 @traveller.zoey

엄지희

코로나 19 바이러스로 모든 여행길이 막히고 나서야 '아, 망설이지 말고 그냥 떠날걸.' 하고 후회했다. 가야 할 곳이 수두룩하건만 여행은 꿈도 못 꾸는 요즘, 여행 에세이를 쓰게 되었다. 옛 여행을 떠올리고 당시에 썼던 일기장을 뒤적이며 '그래, 그랬었지!' 하고 웃었다. 한 번 다녀온 여행은 다시 돌아보지 않았기에 잊고 있던 순간들이 새로웠달까. 그리고 정말이지 더더욱 떠나고 싶어졌다. 이 시기가 지나면 어딜 가장 먼저 가야 할까, 요즘은 그 고민 중이다.

• 이메일 Ejh901110@gmail.com

• 인스타그램 @Jimongmong_

홍아미

코로나 시대에서 여행 작가로 살아남는 법을 계속 고민하는 중. 15년 장롱 면허를 갱신하고 처음으로 차를 샀으며, 출판 예정이던 책이 중단되어 아예 직접 전자책 출판사를 차렸다. 2020년 3월 예정이던 세계 여행이 취소된 이후 여행 실패기를 기록하기도 했다. 가까이에 있는 좋은 것들을 계속해서 찾아내야지. 언젠가 다시 여행할 수 있는 날까지.

• 블로그 amiga-project.com